Kathrin Kalb

Dopamin

Herstellung und Verlag:
Books on Demand GmbH Norderstedt
ISBN: 9 7838 3702 7914
Bibliografische Information der Deutschen Nationalbibliothek
Die Deutsche Nationalbibliothek verzeichnet diese Publikation in der
Deutschen Nationalbibliografie; detaillierte bibliografische Daten sind
im Internet über http://dnb.d-nb.de abrufbar.

Für meine Eltern, Sandra und Nadine.
Weil ich weiß, dass ihr es gelesen habt.

Und für dopamin – weil ich weiß wie du träumst.

„Wieder spür ich diese Sehnsucht
du bist schon lange nicht mehr hier
sag mir was hast du getan
denn dein Licht brennt immer noch in mir."
Böhse Onkelz

eins

„Und wohin?"

„Keine Ahnung. Hauptsache weg von hier. Und von den Leuten da, die pissen mich an."

Kurzer Blick aus braunen Augen auf die Ansammlung von bekifften und besoffenen Jugendlichen. Da wurde auf den altersschwachen und vom Regen glitschigen Geräten des Spielplatzes herumgeklettert, geschaukelt, gekreiselt, gelabert…und doch nicht gesprochen. Auf der einzigen Bank wurde gelacht, geschrien, gesungen…manchmal kamen Leute vorbei. Ein altes Ehepaar mit ihrem Dackel beäugt ängstlich die geballte Ladung der bis an den Haaransatz mit Rauschmitteln zugeballerten Jugend. Sie gehen schnell vorbei.

Zwei kleine Mädchen mit ihren Kinderwagen und den Puppen darin wandern am Spielplatz vorbei und gucken unter ihren blonden Korkenzieherlocken auf das Treiben. Beide waren absolut identisch angezogen. Pink mit ganz viel Glitzer und Puschel. Wie niedlich…

Andere Jugendliche gehen - bleiben stehen, Grüße werden ausgetauscht, Päckchen wechseln die Besitzer, Hände klatschen, Küsschen hier, Küsschen da. Weg. Vorbei.

„Ich muss hier weg sonst platz ich. Und dann kannst du den Scheiß aufputzen..."

„Ja dann. Ich sag kurz Bescheid."

Ich guck ihm nach. Er läuft eine gerade Linie. Wie mit dem Lineal gezogen stapft er mit seinen Riesenlatschen einen Pfad durch den nassen Sand. Zur Schaukel mit den Autoreifen. Da hocken die andern drauf und versuchen sich gegenseitig von den Reifen zu treten. Ich geh da nicht hin. Ich hab Angst, ich will nicht wieder umarmt und geküsst werden. Oder mir die Hand geben lassen von denen. Ich hab kein Bock in rote Augen zu glotzen und mir das Gefrage Reinzuziehen. „Warum gehste schon?" „Bleib doch" „Wir wollen später noch zu Adam…" Blablabla. Dann das dämliche Grinsen von denen weil er mit mir kommt. Er, der Verrückte. Der Psycho, der Irre. Mit den Aggros

7

und der anderen Ansicht vom Leben. Mit den Narben auf dem Rücken. Das wissende Nicken, die überheblichen Mienen der anderen. „Na, den nächsten Flachlegen?" oder noch schlimmer: „ Ihr habt's ja eilig allein zu sein…"

Er spricht mit ihnen. Verteilt Bussis und Händedrucke in der Runde der Breiten. Zeigt auf mich. Ich guck in die andere Richtung. Zieh noch mal an meiner Kippe, schnippe sie weg, treffe den Mülleimer. Da brennt sowieso nix drin, bei dem Sauwetter. Der Regen kotzt mich an. Genauso wie die Kälte. Deutschland im Herbst…Wer hat das noch geschrieben? Die Onkelz? Bloß nich daran denken jetzt.

Da ist er wieder. Guckt mich an. Gehen wir?

Ich springe von der Mauer, halte ihm meine lederbehandschuhte Hand hin. Ich schau nicht zurück. Ich will die grinsenden Dumpfbacken nicht sehen. Und ich mach die Ohren zu. Will das Lachen aussperren.

Er guckt mich nicht an. Geht einfach stumpf neben mir den Weg entlang. Macht riesengroße Schritte und geht ein bisschen gebeugt. Immer ein bisschen auf Angriff, mit hochgezogenen Schultern. Hält meine Hand, nicht fest, aber er hält sie. Wir gehen schweigend. Er redet nicht viel. Hat er, soweit ich weiß, noch nie getan. Oder nicht mit mir. Ist mir eigentlich auch egal. Hat n Scheißleben hinter sich. Nichts, worüber man sprechen will. Und ich schon gar nicht. Mitleid für andere sperr ich in eine Kiste. Die kommt in den hintersten Winkel meines Unterbewusstseins. Ganz nach hinten. Zu dem anderen emotionalen Müll. Und zu den Erinnerungen.

Wir kommen an die Straße. Ich guck hoch, in sein Gesicht.

„Und jetzt?"

„Weiß ich auch nicht. Du wollst da wech."

„…"

„Ja komm, wir gehen zu uns."

Panik. Angst.

„Ist er da?"

„Nein. Und wenn, dann gibt's Kopfnüsse. Komm."

Wir gehen an den Hochhäusern vorbei. Ich schau mir im Vorbeigehen die Graffitis an den Garagen an. Einige sind Dreck,

8

andere gefallen mir. Eins hab ich gemacht. Vor drei Jahren oder so. Da hab ich unsere Namen hingeschrieben, die von dem Hurensohn und mir. Mit einer Frau im Hintergrund, ihre Hände um die Buchstaben gelegt. Lange her…aber sieht trotzdem gut aus. Ich mal viel.

„Bus?"

Scheiße.

„Geht auch Taxi?"

„Ich hab kein Geld. Bist du bekloppt?"

„Ach, ich bezahl das schon." Bitte, bitte frag nicht.

Verwirrter Blick aus den braunen Augen. Aber er fragt nicht. Zuckt mit den Schultern und nickt, schlägt die Richtung zum Bahnhof ein. Das mag ich an ihm. Er fragt nie viel nach. Er tut einfach. Wenn er es für richtig hält. Die Taxis stehen in Reih und Glied vor dem Haupteingang. Die Fahrer stehen in Grüppchen herum, lesen Zeitung, rauchen, diskutieren über die Bundesliga, die Bildzeitung. Belangloses. Ich such mir eins von meinem Stammunternehmen. Der Fahrer hält mir die Tür auf. Steigt ein. Er sitzt in meinem Rücken. Wir fahren los. Ich gucke aus dem Fenster auf die Straße. Die Geschäfte, die Menschen…Kinder. Wir fahren ins Ghetto. Die Fassaden bröckeln, der Putz weicht dem Abfall. Ein Betrunkener wankt über den Zebrastreifen. Auch nur ein Leben. Aus dem Radio dudelt leise ein Lied von Xavier Naidoo. 20.000 Meilen. Ich summe ganz leise mit. Der Taxifahrer schaut mich an. Lächelt über das ganze faltige Gesicht. Und durch die dicke Brille hindurch.

„Magst das lauter hören?"

„Gerne." Ich lächele zurück. Von der Rückbank kommt neutrales Schweigen.

Ich hör noch die Nachrichten und das Wetter, dann sind wir da. Ich krame in meinem Rucksack nach dem Portemonnaie, er ist schon ausgestiegen. Ich will mein Wechselgeld nicht haben, ernte ein Lächeln und wünsche einen schönen Abend. Dann knalle ich die Tür zu. Dreh mich um. Hol ihn ein. Nehme wieder die große Hand. Er kramt nach dem Schlüssel, ich wische mir die Nase an meinen Handschuhen ab. Im Treppenhaus riecht es nach

Borschtsch und Katzenpisse. Vor den Türen stehen Schuhe. Eine Katze läuft zwischen meinen Beinen vorbei.

„Mistvieh." Er schließt die Tür zu 75qm Müll auf. Im Flur steht eine Flaschenarmada Spalier für uns. Im Wohnzimmer sieht es aus wie nach Hiroshima. Überall Klamotten. Flaschen, Schuhe, CDs, ein Schlagring. Die Vitrine mit den Waffen ist völlig staublos. Wie die Anlage. Und die Boxen. Egal. Es ist warm. Ich schmeiße meinen Rucksack auf das Sofa, meine dicke Jacke daneben. Ordne meine Röcke. Will mich setzen. Stinkendes Sperrmüllsofa neben Designerglastisch. Halleluja.

„Willste auch?" Er hält mir eine Flasche Bier unter die Nase. Scheiß drauf.

„Klar. Mach ma auf, ich kann das nich."

Ein leises Klack und wir stoßen an. Kameradschaftlich.

„Prost." Er trinkt.

„Slainte." Ich tus ihm nach. Er macht Musik an. Ohne Musik würd er bestimmt sterben. Ich guck mir seine Hände an, seine Arme. Wunderschön. Wie gemalt. Oder geschrieben. Ich schau mir das Bild an was er in der Klapse gemalt hat. Gefällt mir. Die Poster auch. Und der kaputte Spiegel an der Wand gegenüber. Ich schau in mein Gesicht. Die Haare sind durcheinander. Flusen herum. Die Augen, schwarz umrandet, ein bisschen verwischt. Die einen Hauch zu lange Nase, der Mund. Lächeln? Lieber nicht.

Ich krame nach meiner Wick-Hustenbonbon-Dose. Alles da. Wie immer. Automatisiert dreh ich eine Tüte. Riecht gut.

„Feuer?"

„Was?"

„Ob du Feuer hast?" Ich sprech zu leise. Er wirft mir ein Zippo zu. Ich hasse diese Dinger. Die stinken erbärmlich. Und der Geschmack nach Benzin ist widerlich. Aber sieht geil aus. Hatn Logo mit einem Schädel da drauf. Ich leg es auf das Durcheinander auf dem Glastisch neben mir. Eine Käppi, ein Katalog. Gläser, Flaschen, Ketten…ein Schlagring. Fasziniert leg ich die Tüte weg und nehme ihn in die Hand. Gefällt mir. Fahre mit den Fingern über das Metall. Setz ihn auf. Schließe die Hand. Bilder wirbeln durch meinen Kopf. Ein Gesicht im Spiegel. Voll

Schmerz und Verlangen. Und vollgesaut mit Sperma. Eine andere Zeit, ein anderer Moment. Ein anderes Leben. Nich ganz so kaputt wie das hier.

„Den nimmste aber nich mit, ne?!"

Ich lache. Ich kann nicht anders. Die Bilder zerbröckeln.

„Nein, nein. Das wäre nicht meine Waffe, glaub ich."

Ich leg ihn wieder auf den Tisch. Schiebe die Erinnerung weg. Mit Shit geht das. Meistens.

Wir reden ein bisschen. Über dies und das. Über Waffen, mein Faible Schwerter. Seins Morgensterne. Trinken, rauchen. Er erzählt mir von der Arbeit. Von seinem Chef. Ich erzähle nichts. Ich hab nie das Gefühl er würde zuhören. Oder doch? Egal. Was soll ich auch erzählen.

Er sitzt auf dem Sessel. Spielt andauernd andere Lieder an.

„Kannste nich mal was laufen lassen?"

„Ja ich such ein Lied." Gefunden.

Dröhnender Acid kratzt an meinem Trommelfell. Er steht auf, geht aufs Klo. Ich guck mir die versiffte Wohnung an. Auch nicht besser als die Bilder in meinem Kopf. Beim Wiederkommen tanzt er zurück zum Sessel. Grinst mich an. Er kann tanzen, irgendwie. Ich schaue wieder auf die Hände. Greife nach ihnen, ziehe sie zu mir herüber. Schaue mir jede Linie, jede Schwiele, jede Pore an. Drehe und wende sie. Bin fasziniert. Er verstehe das nicht, sagt er. Was daran so toll ist. Aber er lässt mich trotzdem schauen. Fühlen. Tasten. Ich schweife ab. Stelle mir vor wie diese Hände mein Gesicht gefasst haben. Vor ein paar Tagen. Nachts, im Park. So sanft. So vorsichtig, als wäre ich aus Meißner Porzellan. Als wäre ich zerbrechlich. Oder aus dünnem Glas. Ich trau mich nicht mehr als sie zu halten. Und zu streicheln. Er lässt es geschehen. Gleichgültig? Versteckt er die Emotionen? Ich weiß es nicht. Das Denken lässt langsam nach. Ein bisschen.

„Ich hab Langeweile." Er wechselt die Musikrichtung, System Of A Down. Chop Suey. Mein Lied.

„Lass das laufen." Ich überlege. Soll ich? Oder soll ich nicht? Egal. Einfach machen. Einer mehr oder weniger…Ist sowieso egal.

11

„Kannst mich ja massieren…"
Kurzes Schweigen.
„Kann ich tun."
Ich lege mich auf das Sofa, überkreuze meine Beine. Er setzt sich auf meine Oberschenkel, zu weit oben. Mein Rücken knackt.
„Geh mal n Stück weiter runter, sonst bricht mein Rücken durch."
„Bin ich zu schwer."
„Quatsch." Er rutscht auf mein rechtes Bein. Besser.
Warme, trockene, raue Hände schieben sich über mein Shirt. Schönes Gefühl. Da ist das Stück Haut zwischen Rockbund und Oberteil. Da verweilen die Hände immer öfter. Länger. Wandern an die Seiten, im Versuch zu kitzeln. Streicheln. Wundervoll. Immer mehr in Richtung meines Bauches. Warm. Ich könnte schnurren. Mein rechtes Bein wird taub. Ich realisiere das gar nicht richtig. Will das nicht merken, will nicht, dass er aufhört. Möchte unter diesen Händen einschlafen. Aufwachen. Will das Gefühl in meine Träume mitnehmen.
Da geht die Haustür auf. Man hört es klirren, rumpeln. Jemand flucht. Fantasievoll. Er bleibt gelassen, steht auf. Schließt die Tür. Verschließt sie. Schaut mich an. Kein Ausdruck im Gesicht. Oder ich kann ihn nicht deuten. Mein Rücken ist jetzt kalt. Ich setze mich auf, greife automatisiert zu meinen Kippen. Alles mechanisch: in den Mund stecken, anzünden, inhalieren. In meinem Kopf rasen die Gedanken wie eine Achterbahn. Da ist er. Und er sollte doch nicht auftauchen. Ich will ihn nicht sehen. Oder doch. Oder nicht, ich weiß nicht. Nicht jetzt, nicht hier. Ist er zu, ist er drauf? Was wenn? Was wenn nicht? Soll ich sitzen bleiben? Mich wieder hinlegen? Ignorieren? Normal bleiben? Ruhig bleiben? Mich aufregen? Mir wird die Entscheidung abgenommen. Er setzt sich wieder zu mir, befiehlt mir mit den Augen mich wieder hinzulegen. Ok. Er nimmt die Zigarette aus meiner Hand, zieht einmal, zweimal. Blauer Nebel quillt aus der Nase, dem Mund. Das Piercing im linken Nasenflügel sieht aus wie ein schwarzes Loch.
Die Hände fangen wieder an, aber in meinem Bauch ist Anspannung. Lass es los. Hör auf. Es ist egal. Es ist…vorbei.

Ich kralle meine Fingernägel in meine Arme. Es brennt durch den Nebel aus Bier und Grass. Ich gucke auf meinen Arm. Es blutet. Besser.

„Das ist nicht gut." er nimmt meine Hand, hält sie fest. Ich verdrehe meinen Kopf, guck ihn an.

Ein Klopfen an der Tür. Wir ignorieren es in stillem Einvernehmen.

„Alex? Bist du da?"

Klopf – klopf - klopf.

„Mach ma auf." Total zu.

„Eyyy…mach dochma auf…"

Es wird lauter – hört auf. Immer noch diese Hände, die meinen Rücken wärmen. Wie die Sonne. Ein Heizstrahler. Ein bisschen wie… Es knallt laut, als der erste Tritt gegen die Tür geht. Ich zucke zusammen. Drehe den Kopf. Braune Augen schauen mich an. Dumpf. Eine Hand streicht über meine Haare. Beruhigend. Ich will nicht dass ich jemanden brauche der mich beruhigt. Es stört mich. Zweiter Tritt. Die Türzarge bebt unter dem Einfluss der geballten Kraft eines zugedröhnten Willen. Ich setze mich wieder aufrecht hin. Angespannt. Ich will keine Angst haben. Das geht mir auf die Nerven. Ich will nicht, dass mich seine Anwesenheit beruhigt. Ich brauche keinen Beschützer. Er schaut mich an. Legt mir die Hände an die Wangen. Vorsichtig. Schaut mich weiter an. Beim dritten Tritt zucken seine Lider. Der Moment platzt wie eine Seifenblase, er steht auf. Geht zur Tür, reißt sie auf.

„Was?"

„Warum machssu nich…" kristallgrüne Augen blitzen auf, sehen mich. Starren mich an. „Warum sags du nich Bescheid dass? Hey Eva, allesklaa…?" schwankend. Unstet. Wie Wasser. Ich schaue weg. Gucke mir den CD Haufen vor meinen Füßen an. Ich will das nicht sehen. Er hat es verstanden.

„Ichill mein DVD – Player wiedahabn…"

„Warum? Hast doch sowieso keine Daten CD's."

„Ichill aba…is meina." Er ist sauer. Dass ich hier sitze. Oder auch nicht. Ich schaue weiter die CD's an.

„Hol ihn dir. Wenn de was kaputt machst, haste ein Problem."
Die braunen Augen folgen dem Schwankenden durch das
Zimmer. Ich starre weiter auf die CD's. Ein dürrer Hintern in
kaputten Jeans schiebt sich in mein Blickfeld. Springerstiefel,
Nietengürtel und verfilzte schwarze Haare komplettieren das
Bild. Ich muss woanders hinschauen. Sonst kotz ich. Ich stehe
auf. Schiebe mich an ihm vorbei. Mir steigt der Geruch aus
Kotze und Bier entgegen. Und noch was anderes. Was Scheiß
vertrautes. Dieser Fickgeruch. Egal. Raus. Ich gehe ins Bad,
mach die Tür zu. Lehne die Stirn an den Spiegel. Ruhe...Bilder.
Zu viele Bilder auf einmal. Ich fange an zu zählen. Bei zwanzig
geht es nebenan los. Die Fetzen fangen an zu fliegen.
Diskussionen über Belangloses. Dann, der Streitpunkt. Die
braunen Augen sehen bestimmt schon schwarz aus. Ich lausche,
ich kann nicht anders.
„Nee, darum geht's nicht. Änder mal was an deinem Verhalten!"
Tiefschwarz.
„Was verhaltn? Wer hat denn die letzn Wochn den Arsch
hinngehaltn fürdich?" Graugrün.
„Das ist auch nich das Ding. Du bist n Asi geworden man."
„Ey man....alter....das gehtoch nich. Ich lieb dich doch..." zu
oft gesagt hat er das.
„Ja, ich dich auch. Aber trotzdem. Komm mal wieder klar."
Die beiden steigern sich immer mehr rein. Werden lauter. Ich
höre es klirren, scheppern. Ich mach die Tür auf. Will dem ein
Ende setzen. Ich schaue nach links, nach rechts und habe ein
faszinierend furcht erregendes Bild vor meinen Augen. Die
beiden stehen voreinander und starren sich an. Beide krallen sich
in die Klamotten des anderen. Und brüllen sich an. Wie Tiere,
schießt es durch meinen Kopf.
„Hey, Jungs, ich..."
Die braunen Augen schießen kurz in meine Richtung, die
Grünen ignorieren mich vollkommen. In dem Moment knallt es.
Ich sehe in Zeitlupe wie die beiden ihre ersten Schläge setzen,
dann komme ich wieder in die Realität zurück und versuche
dazwischen zu gehen. Der erste Tritt trifft mein linkes Knie. Der
darauf folgende Schlag meine rechte Wange. Ich hole scharf Luft

und Tränen schießen in meine Augen. Ich starre hoch. Grüne Augen starren glasig zurück. Werden mit einem Mal klar. Fassungslos. So wie damals. Ich stehe zwischen den Beiden. Halte mir die Backe. Es brennt. Dazwischen, denke ich. Ich stand die ganzen Jahre dazwischen. Zwischen den Welten, den Meinungen, den Idealen. Immer wieder. Zwischen dem wir. Dem uns.

Eine Stimme reißt mich aus meinen Gedanken.

„Ich…das tut mir leid. Du…"

Ich höre nicht mehr hin. Gehe meine Tasche holen, meine Jacke. Die halb volle Flasche Bier nehme ich in die andere Hand, dränge mich an den Händen vorbei, die mich zurück halten wollen. Höre die Rufe nicht. Singe in meinem Kopf ein Lied. Konzentriere mich auf das Brennen im Jochbein. Schlage die Tür zu, renne die Treppe runter, raus. Setze mich auf den Bordstein. Und dann muss ich heulen. Der Abend war so schön. Ich hätte wunderbar schlafen können. Er hat mir den Abend kaputt gemacht und mir die Erinnerung an diese Hände genommen. Und das ist nur ein weiterer Punkt auf der unendlich langen Liste die ich ihm nie mehr verzeihen werde. Nicht weil ich es nicht will….sondern weil ich es nicht mehr kann.

Ich schluchze und mir läuft der Rotz aus der Nase. Die Schminke auf meinen Wangen zerläuft bestimmt gerade zu Tränen Tattoos. Ich kann nicht mehr aufhören…

Jemand setzt sich neben mich. Ich schaue hoch. Sehe ein Gesicht durch die Schlieren aus Kajal und Tränen. Eine Hand legt sich auf meine Wange, sehr behutsam und ruhig. Streicht eine Strähne von meinem Gesicht. Die leeren Augen bekommen einen Ausdruck. Hab gar nicht gewusst das das geht.

Irgendwie leuchtet das Braun jetzt. Glücklich?

„Endlich kannste mal heulen."

Ich fliehe in die Umarmung und kann nicht mehr aufhören.

zwei

[1 Jahr vorher]

15

Ich stehe in der eisigen Kälte auf der Straße und gucke auf die andere Seite, auf den Spielplatz. Da turnen zwei kleine Jungs auf dem verrosteten Klettergerüst herum und labern sich auf türkisch an. Seit zwanzig Minuten schon. Genauso wie ich hier seit zwanzig Minuten auf meine bessere Hälfte warte. Mein Engel. Mein Ein und Alles. Mein Seelenverwandter. Und er kommt mal wieder zu spät. Ich hab mich schon so daran gewöhnt dass er zu spät kommt, dass ich es wahrscheinlich komisch fände, wenn er pünktlich wäre. Aus meinem Ipod dröhnt Apocalyptica.

5 Jahre jetzt. 5 lange Jahre, mal mehr, mal weniger Kontakt. Aber immer wieder dasselbe Gefühl miteinander. Manchmal wie eine Kerze, manchmal wie ein Waldbrand. Aber immer ein Glühen, immer

etwas, was man nicht beschreiben kann. Über das rein platonische hinaus. Aber auch nicht rein körperlich. Dazwischen...oder doch darüber. Ich weiß es nicht. Es gibt ein Bild in meinem Schreibtisch, ein Photo. Das ist ein verbotenes Photo. In einer zu langen Nacht geschossen. Selbstauslöser. Vor einem Spiegel. Wir sitzen, ich halte seinen Kopf auf meinem Schoß fest. Und wir gucken uns an. Der Blick in seinen Augen. Der beschreibt das. Alles andere ist zuwenig – oder zuviel.

Und jetzt steh ich hier und muss trotz meiner Bredouille lächeln. Die zwei auf der anderen Straßenseite haben sich einen Fußball besorgt und pölen das speckige Ding jetzt durch die Stangen des Klettergerüstes. Lachen geht immer, egal wie. Sagt auch mein Therapeut. Wegen dem steh ich jetzt hier. Und muss meine Gefühle mal aussprechen. Das allerletzte was ich kann. Ich bin eine Niete in so was. Das konnte ich noch nie. Aber ich soll das jetzt lernen, damit ich gesund werde und so. Ich scharre mit meinen Stiefeln auf dem Bordstein. Nicht drüber nachdenken jetzt, sonst hau ich sowieso ab. Guck mir meine Schuhe an. Sehen schick aus. Mit den roten Schnürsenkeln. Eigentlich wollte ich ja weiße, aber dann hab ich gedacht: nee, lieber nicht. Ich krame in meiner Manteltasche nach den Zigaretten. Nich da. Komisch, hab die doch dahin gesteckt. Ich wühle in meinem

Rucksack. Handy, Geld, Messer, Shuriken, Bürste, Necessaire, Zeichenblock, Stifte, Müll.

Verdammt! Ich hab sie…

„Hey Kleine!" und ein Schlag auf meine rechte Schulter. Ich quietsche, dreh mich um und ziehe ein böses Gesicht. Oder versuch es zumindest. Ich kann gar nicht böse gucken, glaub ich.

„Erschreck mich nicht immer so."

Er lacht. „Du quietscht dann immer so schön."

Ein Kuss und das vertraute Kribbeln. Er hat wieder eiskalte Lippen. Und blaue Hände. Die hat er andauernd. Kommt von zuviel Drogen und zuwenig Schlaf. Aber da denk ich jetzt lieber nicht drüber nach. Ich guck an ihm rauf und runter, während er sich eine Gauloises dreht.

„Dreh mir mal eine mit." Verwirrter Blick aus grünen Augen.

„Mach doch selber."

„Bei mir sehen die immer aus wie schwanger." Ich versuch den Hundeblick. Und…

„Jaja…schon klar." Es klappt!

Wir gehen Richtung Stadion. Er nimmt meine Hand. Wie immer. Sogar durch meine Handschuhe merke ich wie kalt sie sind. Auch wie immer. Wenn er nicht…Stopp! Nicht darüber nachdenken. Lieber Themawechsel.

„Wie rennst du eigentlich wieder rum heute?"

„Haste n Problem damit oder was?" Shit, falschen Ton erwischt.

„Hast du n Knall?" Ich guck ihn an. Bleib stehen. „Wie bist du denn drauf? Du weißt doch…"

„Ach, schon gut. Bist nur der zweite der mir das heute sagt."

„Stress mit Perle?"

Kein Kommentar. Wir gehen schweigend weiter. Ich spucke immer wieder Tabakkrümel aus dem Mundwinkel. Und ich denke mir den Rest. Natürlich hat er wieder Stress mit ihr. Weil er heute mit mir zu den Jungs geht. Und sie nicht dabei haben will. Ich schieße ein Steinchen vor mir her. Klar, wer hat schon Bock auf eine überintelligente Abiturientin, die die ganze Zeit nur an allem rummotzt. Klar, das sind alles Punks und bei denen sieht es aus wie bei Hempels, aber… . Und die sind auch kein

Umgang für ihn. Das Steinchen fällt in einen Gully. Aber damit muss sie nun mal klar kommen. Ich bin ja auch ein verwöhntes Blag. Im Gegensatz dazu. Aber ich kann damit leben. Ich muss denen das ja nicht nachmachen. Und ich muss nicht über Sartre reden. Zumindest nicht mit denen.

An der Bushaltestelle drücke ich die Kippe am Eimerrand aus und schnippe sie hinein. Er schaut mich belustigt an.

„Meine kleine Naturschützerin."

Ich feuere einen tötenden Blick durch meine Haare. Idiot. Aber eine Erwiderung bleibt aus. Bus kommt angebraust. Hält an. Der Busfahrer guckt wie eine Eule. Ist bestimmt erst dreißig oder so. Äugt auf mir herum wie auf einer Dessertbeilage. Ich hasse so was. Ich schiebe mich zwischen den Omas und Opas vorbei nach hinten. Da schallen mir schon sämtliche Immigrantendialekte entgegen. Ich setze mich, guck aus dem Fenster. Auch nur grauer Putz und Dreck. Wie immer. Neben mir knarrt es, als er sich neben mich setzt. Ich stöpsel' mir meine Kopfhörer über die Locken. Er lehnt sich zu mir herüber, hört mit. Blood for Blood. Seine Band. Ich drücke die Lieder vor. Onkels, „Bin ich nur glücklich...". Unser Lied.

Wir grinsen uns an. Fahren durch den Vorort. Durchs Industriegelände. Am Hafen vorbei bis zur Innenstadt. Am Bahnhof. Aussteigen. Vor mir zwei Marokkanerjungs, höchstens 16. Sie erörtern die Vorzüge einer blonden „Pussi". Lautstark. Ich verdrehe die Augen. Das kann ich gut. Ich bin sozusagen ein Meister im Augenverdrehen. Wir latschen durch das Bahnhofsgebäude, er hält kurz an bei zwei, drei Schnorrern. Wechselt ein paar Worte. Ich steh daneben und gucke dumm zu. Punks hin oder her, solche Leute sind mir ein bisschen suspekt. Um ehrlich zu sein, ich mag das nicht. Egal. Wir gehen weiter. Ein paar Straßen und einen Zigarettenautomaten später sind wir da. Man hört den Punkrock schon über die ganze Straße. Ich muss grinsen. Auf geht's. Die Türen stehen sperrangelweit offen. Mir kommt das ganze Rebellenjungvolk des Ghettos entgegen. Alles an Haarfarben was es auf dem freien Markt gibt. Und des Weiteren alles gelöchert, was man im menschlichen Körper durchlöchern kann. Stiefel, Schädelembleme, Anarchiezeichen

18

etc.pp. Ich drängele mich durch die Menge. Bekomme eine Flasche in die Hand gedrückt. Es hagelt Begrüßungsgegröhle durch das Wummern der Bässe. Noch ist es relativ hell in den vier Zimmern plus Küche und Bad. Bad? Wohl eher das kleine Chemielabor für den eigenen Atombomben Züchter. Oder wie bastele ich mir meine Parasiten selbst…naja…reden wir nicht darüber. Ich setzte mich auf die Fensterbank und beobachte den Menschen rechts neben mir. Nicht so prickelnd. Zu verfilzt. Ich schaue über das Getümmel. Alles ziemlich verfilzt. Außer die Mädels. Alle auf Rockerperle zurecht gemacht. Tonnen von Haarspray in den aufgestellten Irokesen. Ich schaue durch die Gegend. Beobachte meinen Engel wie er lachend und gestikulierend auf seinen besten Freund zeigt. Da sitzt Alex. Er winkt mir zu. Verhalten. Ich lächle zurück. Und proste mit der Flasche. Wir kennen uns auch schon ne Weile. Ich gucke weiter. Verliere mich im Geschehen, lasse mich endlich gehen. Nehme einen Schluck aus meiner Flasche. Igitt. Oettinger mit Cola. Ich verziehe das Gesicht. Da schiebt sich jemand in mein Blickfeld. Ich gucke auf einen Pullover mit einem Caliban Logo. Schick. Weiter hoch gucken. Breite Schultern, ein Hals mit lauter Nieten und Ketten. Hübscher Mund mit Ring durch, lange dunkle Locken. Noch schicker.

„Willst lieber was anderes trinken?" rauhe Stimme. Schmirgelpapier.

„Alternative?"

Er hält mir sein Glas hin. Ich stelle die Flasche weg, probiere. Irgendwas weißes, süßes. Lecker. Ich lächle. Er dreht sich weg, winkt mich hinter sich her. Ich schiebe mich an zwei Mädchen und einem Jungen vorbei die sich über irgendeine Band auslassen. Ich habe keine Ahnung wovon die reden. Ich hab nur diesen schwarzen Pulli vor mir. Wir landen in der halbvollen Küche. Hier wird über E-Gitarren und Schlagzeuge gefachsimpelt. Auch nicht ganz mein Gesprächsthema. Ich wende mich meinem langhaarigen Barkeeper zu. Der hat schon irgendwoher aus dem Chaos ein weiteres Glas gezaubert und hält es mir hin. Ich nippe.

„Was isn das?"

„43er mit Milch." Lecker. Proste ihm zu. Er grinst. Wir nehmen beide einen herzhaften Schluck. Und lächeln uns weiter an. Dann gehe ich wieder zurück zu meiner Fensterbank, setze mich. Fange ein Gespräch mit einem dreadgelockten Mädchen an. Wir quatschen über Musik, Schule und McDonald's. Dann mischt sie sich in ein Gespräch über Drogen ein. Ich verzieh mich. Das Thema ist gegessen. Nicht den Abend versauen jetzt. Ich wandere in die Küche, auf der Suche nach meinem schwarzgelockten Barkeeper. Mein Glas ist leer. Da sitzt er. Er beschreibt einem anderen schwarzhaarigen seine Schule. Ich setz mich dazu. Grinse ihn an. Halte ihm das Glas hin. Er lächelt, füllt es wieder auf. Ich trinke. Wir lächeln alle drei. Dann starten wir ein Gespräch über Suizidgedanken und den Unterschied zwischen Marylin Manson und Alice Cooper. Irgendwann kommen zwei Mädels hinzu. Beide haben identische Hahnenkämme auf dem Kopf. Und mehr Blech im Gesicht als ein Eisenwarenladen. Wir lachen, flachsen, haben Spaß. Und ich denke nicht nach. Mein Barkeeper und ich sind schon beim fünften Glas.

Da rummst es vernehmlich aus dem Wohnzimmer. Lautes Gebrüll übertönt die 72Dezibel starke Anlage. Wir gucken uns an. Dann endet die Musik mit einem hässlichen quietschen. Das Gebrüll wird lauter, bleibt aber unverständlich. Zu viele Stimmen. Die Weibsen springen sensationsgeil auf und rennen rüber. Der andere Schwarzhaarige hinterher. Ich gucke mein Gegenüber an. Mein verwirrter Blick spiegelt sich in den blauen Augen wider. Da höre ich eine bekannte Stimme aus dem Geplärr heraus. Mir schießt noch durch den Kopf, dass er sonst nie schreit. Nie. Außer er vögelt gerade. Verrückter Gedanke. Ich springe auf und schiebe mich durch das Gedrängel im Flur. Die Stimmen werden immer lauter. Jetzt sind es nur noch zwei. Ich rempele rücksichtslos herum. Schiebe Körper beiseite, meinen Barkeeper im Rücken. Kein Durchkommen. Es rummst und poltert. Kein Brüllen mehr. Mein schwarzgelockter Junge schiebt sich vor und drückt die letzten euphorischen Blagen beiseite. Zieht mich hinter sich her, ich habe Sichtfeld. Es klirrt, eine Scheibe zerplatzt vor meinen Augen. Der Glastisch. Oder besser, die Überreste. Dazwischen mein Engel. Und sein bester Freund. Ich fass es nicht! Was soll das denn?! Der ist ein Schrank, zwei mal zwei Meter. Ein Gewirr aus Beinen und Armen. Verdammt. Ich schaue hilflos meinen neuen Kollegen an. Um mich herum das Gegröhle der besoffenen Jugend. Keiner tut was. Warum auch? Ist doch geil…oder?! Ich gehe dazwischen, bekomme einen Arm ab. Ich merk es nicht. Mein Barkeeper steht neben mir, zerrt an dem besten Freund. Ich drücke meinen Engel auf den Boden. Stumpfe Augen glotzen mich an. Schreie ihn an. Kriege einen Tritt in den Rücken. Scheiße, tut das weh. Mir schießen Tränen in die Augen. Meine bessere Hälfte dreht durch. Schmeißt mich von sich, geht auf meinen Barkeeper und sein Anhängsel los. Ich rappele mich hoch, reiße an seinem Ärmel.

„Hör auf, du verdammter Idiot!" meine Stimme durchschneidet den Krawall der anderen. „Was soll der Scheiß? Haste keinen Sex gehabt oder was?"

„Und wenn, seit wann interessiert dich das?"

Totenstille. Das Schweigen dröhnt richtig in meinen Ohren.

Er schaut mich an. Plötzlich ganz klar. Wischt sich das Blut von der Lippe. Dreht sich um, rennt raus. Einfach so. Ich gucke ihm fassungslos hinterher. Um mich herum Schweigen. Alle gucken mich an. Verwirrt, sauer, neugierig. Ich höre das erste Feixen der anderen. Sein bester Freund sitzt auf dem Sofa. Hat ein Bier in der Hand und hält sich die Nase. Ich schaue ihn an. Er guckt zurück. Genauso fassungslos wie ich. Dann fragend. Ich nicke. Mein neuer Kollege spricht mit einem Typen. Ich fange einen Blick auf. Fragend. Jetzt bloß keine Fragen von dem. Ich will hier raus. Schiebe mich durch das Gewühl von Leuten. Höre noch ein letztes „Ehekrach" und ein Lachen. Ins Treppenhaus. Da dröhnt die Musik schon wieder los. Ich gehe die erste Treppe runter. Die zweite. Aus der Haustür raus. Schaue mich um. Da sitzt er. Auf der Mauer. Ich geh hin, setz mich daneben. Steck mir eine Kippe an. Zieh sein Gesicht zu mir, ins Licht. Krame nach einem Taschentuch. Halt es ihm an die Lippe. Schaue ihn an. Er funkelt zurück. Okay, ganz in Ruhe jetzt. Erstmal eine rauchen.

„Was ist?"

„…" kein Kommentar. Pause. Lange Pause.

„Was ist los? Was soll das? Da oben, was war das? Du kloppst dich nie. Ausser mit Nazis. Aber nicht mit deinen besten Freunden! Erklär mir das!"

Schweigen. Ich werd sauer.

„Und was soll die Beschützernummer? Das hat dich doch schon Ewigkeiten nich mehr interessiert wer mir weh tut. Erinner dich mal an die Klapse. Und warum ich da war, man! Also, was soll das?"

Nicht mal ein Zucken im Auge. Reaktionslos.

„Verdammt, red mit mir!" da explodiert er. Vor meinen Augen. „Die letzten Wochen hab ich mehr mir dir geredet als mit wem anders. Also sag nich red mit mir."

Ich bin sprachlos. Bin verstört. Hab Angst. Was soll das?

„Was soll das jetzt?" scheiß Tränen. Nicht jetzt.

„Ist doch sowieso egal. Wen interessiert das?" er guckt mich an.

„Ey, Eva, ich liebe dich!"

„Ich weiß. Und? Was hab ich davon?"

„Und?" er lacht komisch. „Und, sagt sie. Schön."

„Hey ich weiß dass du mich liebst, ich dich auch man! Aber ich kenn dich nich mehr! Die letzten Wochen! Du bist so komisch, trinkst soviel. Und jetzt prügelst du dich mir David! Was soll das bitte? Wo ist der Mensch hin den ich kannte? Wo ist der Mensch hin den ich will? Den ich, verdammte scheiße, immer wollte?? 100 Prozent, erinnerst du dich?" Ich schreie ihn an. „Ich will dich, verdammt noch mal. Dich und keinen anderen…" Ich wusste ich kann so was nich.

Er starrt mich an. Fassungslos. Glück, Schmerz…irgendwas blitzt in seinen wunderschönen Augen auf. Etwas dass ich nicht deuten kann. Eine ganze Welle von Gefühlen brandet durch seine Augen auf meine Synapsen. Es dauert nur Sekunden, ein Augenblick. Und doch kommt mir der Flug durch sein Gefühlschaos vor wie eine Ewigkeit.

„Aber ich…ich…kann nicht…" und er wird durch meinen neuen Kollegen unterbrochen. In mir bricht der letzte Rest zusammen. Mein Glaube…mein Herz. Er kann nicht…was? Mich lieben? Mir das geben was ich von ihm will? Was…

„Alles klar?" fragender Blick aus blauen Augen. Ich schnippe die Kippe weg. Stehe auf, mein Hintern ist eingeschlafen. Mein Engel sitzt da und guckt in die andere Richtung. Fummelt am Putz zwischen den Ziegelsteinen herum. Ich schaue ihn an. Kapier das alles nicht. So sollte das nicht laufen.

„Stör ich?"

Ich gucke hoch. Man, diese Augen sind blauer als Butangasflammen. Ich weiß nicht was ich machen soll. Ich steh einfach da und schaue zwischen beiden hin und her. Mir ist kalt und der Kopf schwimmt mir. Und das hab ich mir anders vorgestellt. Ganz anders. Aber jetzt ist es zu spät. Vielleicht…

„Nee, du störst nicht. Aber ich." mein Engel steht auf, schwankt. Drückt mir das Taschentuch in die Hand. Ich halt ihn am Ärmel fest. Nicht fest, nur das er bleibt. Da reißt er mit einem Ruck seinen Arm los. Durch den Schwung stolpere ich. Falle. Und keiner der mich fängt…

„Hey…" mein neuer Freund plustert sich auf. Ich halt ihn fest. Mein Schon gut Blick hält ihn zurück. Ist aber auch egal. Mein Engel dreht sich nicht mal um. Geht einfach weiter. Ins Haus, die Tür scheppert hinter ihm zu. Weg…vorbei. Ich sitze auf dem Boden und merke es gar nicht. Meine Hose ist nass. Meine Hände tun mir weh. Alles an mir tut weh. Nur da drinnen ist nichts. Nichts. Alles ganz still.

„Wie heißt du eigentlich?" ich gucke zu dem Blauäugigen hoch. Das zu wissen erscheint mir jetzt in dem Moment unheimlich wichtig. Es ist so banal, so verdammt normal. Ein Fixpunkt in dem schwarzen Loch in dem ich gerade stecke. Ich hab Angst darin unter zu gehen. Ich muss das jetzt wissen. Verständnisloser Blick. Dann ein zaghaftes Lächeln.

„Fabian."

Komisch. Das passt garnich. Viel zu lieb eigentlich. Mir kommen die Tränen. Ich schniefe. Das Taschentuch! Ich hab es immer noch in der Hand. Ich schaue es an. Voller Blut. Stecke es in meine Tasche. Schaue wieder hoch. Ich weiß nicht mehr wo ich bin. Ich krieg keine Luft mehr. Mir wird schlecht. Ich zittere. Ich hab Angst. Meine Hände fühlen sich komisch an. Mein Therapeut sagt immer, bei einer Panikattacke soll man sich auf das konzentrieren was um einen herum passiert. Ich kann nicht. Ich zittere und mir ist kalt und ich muss kotzen. Und jetzt muss ich Hyperventilieren. Mir ist das so scheiß peinlich, meine Gedanken rasen durch meinen Kopf. Es dröhnt in meinen Ohren. Fabian schaut mich an, hockt sich hin.

„Geht's dir gut?"

Ich schüttele verzweifelt den Kopf. Verdammte Scheiße. Die letzte ist drei Monate her. Mir wird schwindelig und mein Herz rast. Ich hab Angst, so große Angst.

„Kann ich dir helfen?" er guckt mich hilflos an.

„Ich hab einfach Angst…" und er nimmt mich in den Arm. Sitzt einfach da und hält mich fest. Ich konzentriere mich auf seinen Atem. Sein Herzschlag durch den Pulli. Ich zähle mit. Es dauert so unendlich lange. Das Zittern wird weniger. Ich kriege wieder Luft. Ganz lange sitzen wir da. Er fragt nicht, sagt nichts. Nur DA sein. Irgendwann hab ich mich beruhigt. Löse mich aus der Umarmung. Zünde mir eine Kippe an. Ihm auch. Wir rauchen schweigend vor uns hin. Ich kann seine Gedanken hören. Seine Fragen. Ich will nich reden. Ich hasse reden. Über mich…über das was in mir vorgeht. Ich kann das nicht. Nur mit einem Menschen ging das immer. Aber der hat sich ja gerade Filmreif verdünnisiert. Ich schniefe. Blaue Augen hängen auf meinem Gesicht.

„Komm", sagt Fabian. „sollen wir gehen?"

Er hilft mir hoch. Setzt mich auf die Mauer.

„Nicht weglaufen." und weg ist er. Geht ins Haus. Ich realisiere meine Umwelt wieder. Es regnet. Wie krank das ist. Während einer Panikattacke nehme ich alles überdeutlich wahr, danach fühle ich mich wie taub. Als wenn Watte auf meinen Ohren ist. Oder so, als wenn man Fieber hatte und das erste Mal wieder aufsteht. Jetzt hör ich die Autos. Fühle meine nasse Hose. Die Bäume rascheln. Mich überkommt eine Gänsehaut. Sogar am Kopf. Eklig. Ich fange an zu denken. Ich will nicht denken, ich denk sowieso schon zuviel nach. Über die unmöglichsten Dinge. Das ganze Scheißchaos in meinem Leben. Die Schule. Therapie.

Freunde. Die Männer…die zu lange Liste der Bettnachbarn. Die Bilder der Nächte, mein Gesicht im Spiegel. Die Betäubung, die von Lust ausgeht. Der Moment wo das Denken aufhört. Mein Engel. Die Jahre. Die ersten Jahre. Der erste Tag. Meine beste Freundin die mir so fremd geworden ist. Mein Bruder. Seine Scheiß Kollegen. Meine ganze kaputte Familie. Mein letzter Ex. Mein Engel. Immer wieder dieselben Bilder. Es regnet immer noch. Und das Gefühl allein zu sein. Jetzt noch mehr als vorher. Das Gefühl das es sowieso egal ist. Und der Wunsch danach jemanden zu haben der mich rettet. Der das sieht. Mich. Meinen Schmerz, meine Wut, mein ganzes beschissenes Gefühlschaos. Das Paradoxe daran. Wie soll das jemand sehen wenn ich das Maul nicht aufkriege. Ich muss schon sagen was ich will. Aber ich will wen der das selber merkt. Scheiß Wunschvorstellung. Nur Illusion. Sowas gibt's nicht. Mein Engel vielleicht. Aber jetzt? Nie wieder. Da kommt das Loch wieder, es lächelt mich an. Winkt mir zu. Ich schau nicht hin. Ein Angstzustand reicht für heute. Ich will nich mehr denken. Verdammt noch mal! Ich kralle meine Fingernägel in meine Handinnenfläche. Es brennt. Nicht genug, die Gedanken sind noch da. Das soll aufhören! Ich schlage auf die Mauer ein. Zweimal, dreimal. Es tut weh. Meine Knöchel bluten. Schmerz. Mir schießen die Tränen in die Augen. Es blutet. Auch so was Krankes…. Ich schaue auf das Blut das von meiner Hand tropft. Faszinierend. Sieht im Dunkeln aus wie schwarze…die Tür knallt. Da kommt er wieder. Meinen Rucksack in der einen Hand, meine Jacke über der Schulter. Eine Flasche in der anderen Hand. Er hält mir die Jacke hin, dann den Rucksack. Schaut an mir hoch und runter. Bleibt an meiner Hand hängen.

„Was ist das denn?" er will danach greifen. Ich ziehe die Hand weg, stecke sie in die Tasche.

„Ach nichts." Ich schaue weg. „Als ich hingefallen bin. Schon gut. Und jetzt?"

„Willst du nach Hause?" skeptischer Blick auf meine Hand.

„Egal." Ich will nicht denken. Und es ist mir egal WO ich das mache. Ich greife nach der Flasche. Schraube sie auf, nehme einen Schluck. Und muss husten. Whiskey! Pur! Mir wird schlagartig warm.

„Willst du mit zu mir?" berechnender Blick.

Ach, wie gut kenn ich das. Und wie oft hab ich das schon gehört. Und wie viele Träume und Gedanken und Illusionen hinter dieser Frage. Vor ein paar Stunden hätte ich bestimmt nein gesagt. Aber jetzt ist es sowieso egal. Zuhause warten sie eh nicht auf mich. Mein Ego ist seit Jahren im Arsch. Und mein Engel...Hurensohn. Für wen soll ich da gesund werden? Und Regeln waren immer schon zum brechen da. Vor allem die von meinem Scheiß Therapeuten. Fuck it. Einmal mehr oder weniger.

drei

Wir laufen los. Die Flasche geht zwischen uns hin und her. Genauso wie sein Zippo. Meine Hose ist immer noch nass. Und es klebt unangenehm an meinem Hintern. Und meine Hand tut auch noch weh. Aber es hat aufgehört zu bluten. Ich breche das Schweigen.

„Ist es weit?"

„Nein." er schaut mich an. Nach zehn Minuten schweigendem Laufen sind wir da. Wohnhaus, dreistöckig. Blauer Putz, graue Tür. Treppenhaus. Im ersten Stock an der Tür ein Poster von Metallica. Im Flur steht ein Ikea Schrank. Ein Spiegel, ein Teppich. Alles in Orange. Rechts Bad, links Küche. Aufgeräumt. Gibt's ja garnich... links noch eine Tür. Geradeaus ein Wohnzimmer. Mein Geschmack. Große schwarze Ledersofas, viele Poster, Bilder, Flyer. Ein Glastisch auf einem Sockel der aussieht wie ein Drache. Geil. Rote Kissen, an den Fenstern rote Samtvorhänge. Parkett mit roten Flokatis. Wahnsinnswohnung. Ein Fernseher, Anlage etc, pp. Staubloser als meine Zimmer. Unglaublich. Ich schaue ihn an. Er guckt auf mich, meine Hand. Ich hör ihn schon wieder denken.

„Gib ma deine Jacke." er hält mir die Hand hin. Ich schüttele den Mantel von mir. Er geht durch die vorher verschlossene

Tür. Ich erhasche einen Blick auf ein großes Bett. Dann geht die Tür zu. Den Rucksack stelle ich auf ein Sofa. Alles an mir ist nass. Und mir ist kalt. Und ich werde mich nicht so auf ein Ledersofa setzen. Ich krame nach den Kippen. Da kommt er wieder.

„Willste vielleicht was Trockenes zum Anziehen?" er guckt an mir hoch und runter.

„Ja", ich muss grinsen. „Wär nich schlecht so."

Er grinst auch. Dann verschwindet er noch mal, kommt wieder. Hat ein T-Shirt mit Metallica Schriftzug dabei. Alles natürlich in XXL. Aber es ist trocken.

„Wo isn das Bad?"

„Ich dacht du bleibst hier und…" dreckiges Grinsen. Vertrautes Gefühl in meinem Bauch. Oh, ich könnte ihn…

„Später Kleiner…" ich lache.

„Da links die Tür. Licht ist innen." er lacht auch.

Ich schnappe mir meinen Rucksack und die Klamotten und pilgere tropfend ins Bad. Hübsch. Hellblau und grau. Und sauber. Wahnsinn… . Ich schaue in den Spiegel. Grinsen muss ich immer noch. Ja…lachen geht immer. Und ich sehe aus wie durchgevögelt,   draufgekotzt und draufgetreten. Auch wie immer. Ich ziehe die Stiefel aus. Wenigstens sind die Socken nicht nass. Und ich zerre an meiner Hose. Sie klebt an mir. Mist. Nie wieder enge Hosen. Ich ziehe und zerre. Verdammt. Ich setze mich auf den Boden. Jetzt geht's. Jetzt blutet die Hand wieder. Klopapier mit Schrift drauf. Wie edel. Nachdem ich meine Haare frottiert habe (hellblaues Handtuch) und in die Klamotten geschlüpft bin, gucke ich noch mal in den Spiegel. Ok, an der Schminke arbeiten wir noch. Und der rote Mob auf meinem Kopf ist auch nicht so cool. Aber das Shirt passt zu meinen Socken. Alles schwarz-weiß. Ich muss kichern. Ich weiß auch nicht. Das ist so irre. Da steh ich hier im Badezimmer in den Klamotten eines Jungen den ich garnich kenne und meine ganze Welt ist gerade zusammen gebrochen. Und ich muss kichern. Und denke über mein Aussehen nach! Wie krank! Ich krieg mich gar nicht mehr ein. Irgendwann geh ich dann raus, einigermaßen wieder hergestellt. Er sitzt auf dem Sofa, guckt mich an. Ein volles, ein leeres Glas auf dem Tisch, ein Aschenbecher und irgendwelche Musik läuft. Ich setz mich dazu, zieh das T-Shirt über meine Knie. Er hebt die Flasche, fragend. Jawoll! Der pure Zynismus.

„Ja bitte." ich muss immer noch grinsen.

„Dir geht's wohl besser?" er schüttet mein Glas voll. Ich grinse ihn an. Und dann muss ich einfach lachen. Ich kann nicht anders. Ich schütte mich aus vor Lachen, mein Bauch tut bestimmt gleich weh. Ich gluckse vor mich hin und lege den Kopf auf meine Knie. Er schaut mich verwirrt an. Klar, denke ich. Erst hysterische Panikattacken, dann krampfhafte Wut, dann pure Hysterie. Das kann ja nur krank sein. Bei dem Gedanken lache ich noch mehr. Ich krieg mich gar nicht mehr ein. Bin fix und fertig. Greife giggelnd nach meinem Glas. Er hält meinen Arm fest. Einfach so. Ich gucke hoch.

„Ähm…willst du das wirklich noch trinken?" besorgter Blick.

Ich reiße mich zusammen. „Ja, will ich." letztes Kichern. „War alles bisschen viel heute. Prost."

Wir klinken mit den Gläsern. Schauen uns an. Ich muss lächeln, obwohl ich eigentlich heulen müsste. Das ist alles so irreal. Wie ein Traum. Gar nicht wahr. Oder doch? Ich weiß nicht. Der Whiskey brennt in meinem Hals. Mir wird warm, heiß. Ich lausche auf die Musik. Ein Sänger mit einer Wahnsinnsstimme. Kenn ich gar nicht die Band. Oder? Egal. Schaue auf die Hände meines Sitznachbarn. Faszinierend. Ich und mein Handfetisch…Bücher schreiben darüber. Oder Bilder malen. Wunderschön. Wie ein Pianist.

„Spielst du Klavier?"

„Nee," er guckt mich an. „Gitarre. Warum?"

„Nur so." ich starre weiter auf die Hände. Lange Nägel. Fast so lang wie meine. Die Haut sieht so weich aus. Meine Hände sind dagegen bestimmt rau. Soll ich? Oder nicht? Ich kann doch jetzt nicht…oder doch? Ich weiß es nicht. Will es nicht wissen. Ich weiß gar nichts in dem Moment. Nur diese Hände. Ich könnte…

„Sag mal, was n da so tolles?" er dreht die Hand um, guckt sie an. Ich schaue hoch. Kann nichts sagen. Ich komm mir bescheuert vor wenn ich das jetzt sage. Ich nehme die Hand in meine. Sie sind ein bisschen größer als meine. Aber nicht viel. Nur ein bisschen. Ich streichle die Handfläche. So weich, wie ein kleiner Junge. Irgendwie anders. Seltsam. Er schaut mich lange an. Und dann falle ich in eine nach Whiskey und AXE Touch duftende Umarmung. Ein Kuss wie Seide. Und Nägel die meinen Rücken blutig kratzen. Ich schließe die Augen. Wie früher.

* * *

Ich werde wach, weil jemand meine Haare streichelt. Ich bin orientierungslos. Und dann kommt mir der letzte Abend wieder hoch. Ich fange an zu denken. Nicht gut. Die Hände lassen meinen Kopf los, das Bett knarrt und ich sehe einen braunen Rücken durch die Tür verschwinden. Dann höre ich Badewasser rauschen. Ich setze mich hin. Verdammt…mein Kopf dröhnt und mir ist schwindelig. Mein ganzer Körper tut weh. Ich leb noch. Egal. Ich will jetzt nicht denken. Ich gehe durch die Wohnung und suche Stück für Stück meine Garderobe wieder zusammen. Beim Anziehen stecke ich mir eine Kippe an. Igitt, das schmeckt ja gar nicht. Wie schimmeliges Moos. Oder faserige Sojasprossenkeime. Oder irgendwas anderes. Ich muss mich setzen. Das Bett knarrt wirklich. Ich gucke mir den Bezug der Decke an. Satin, schwarz mit Streifen. Ich zähle die Streifen. Irgendwas Banales tun, nur nicht denken. Zu spät. Die Spirale ist schon wieder im Anrollen. Die ersten schläfrigen Synapsen melden sich zurück. Bilder von gestern. Inhaltslos durcheinander gemischt. Ohne Sinn aneinander gereiht. Ich muss hier raus, weg. Mein Engel. Mein Papa, mein Bruder. Nach Hause oder so. Fabian. Mein Lehrer aus der siebten Klasse.
„Hey! Erde an Eva!"
Ich zucke zusammen, Asche fällt auf den Boden. Er steht vor mir, schaut mich an. Lächelt wie ein ganzes Sonnensystem. Wenigstens einer der sich freut. Er hebt die Hand, streicht meine Haare weg. Schaut mich an.
„Mein Gott bist du schön…" nicht was er sagt. Wie er es sagt. So nebensächlich, so normal. So, als ob es wirklich stimmt. Und

gestern Nacht? Ich kann nicht mehr. Ich muss hier weg. Ich stehe auf, gehe an ihm vorbei. Er hält mich fest.

„Was ist denn? Hab ich was falsches gesagt?" ängstlich.

„Nein, ich will nur ins Bad." Ich lächle.

Ich flüchte mich aufs Klo, schaue in den Spiegel. Sehe meine Augen, verschmiert, verwischt. Gleich laufen die Tränen über. Ich kann nicht mehr. Halte mich am Waschbecken fest. Sinke auf die Knie. Die Tränen tropfen auf den Boden. Ich schluchze laut. Verdammt! Mein Engel ist weg…er ist so verdammt beschissen weit weg von mir. All die Jahre, all die Stunden. Es klopft an der Tür. Und ich hab nichts Besseres zu tun als mich ficken zu lassen. Und mir noch mehr das Herz zu zerfetzen. Und es tut mir nichtmal leid. Ich bin eine beschissene Angstpatientin. Und ich hab keine Scheiß Moral. Die letzten verdreckten Jahre nicht. Und es hört nicht auf. Wo ist mein beschissenes Gewissen? Vor der Tür besorgte Fragen. Nie hat mich das mehr angekotzt als jetzt. Ich setze mich auf den Boden. Scheiß auf die Kälte. Ist sowieso egal. Alles ist so egal geworden. Ruckeln an der Türklinke. Ich versuch noch die Ratschläge meines Therapeuten zu befolgen. Es geht nicht. Ich krame in meiner Tasche. Alles so automatisiert, wie Essen, Trinken, Schlafen. Es blutet nicht mehr, als ich die Tür aufmache. Er guckt mich an. Die Leere in meinen Augen ist wahrscheinlich ein krasser Gegensatz zu dem Chaos in seinen.

„Geht's dir gut?" böse Frage. „Kann ich dir helfen?"

„Wieso?" ich schultere meinen Rucksack. Lächeln. „Ist doch alles wie immer…"

Wir hören noch ein bisschen Musik. Ich trinke einen Kaffee und dann gehe ich.

Zuhause schließe ich mich in mein Zimmer ein und lege mich aufs Bett. Und erzähle meinen Kuscheltieren das, was ich Fabian hätte erzählen können. Ich bin so dämlich. Dann liege ich sehr lange auf meinem Bett. Und weine. Um ihn. Um die verschwendete Zeit. Um mich. Um die Nächte in seinem Arm. Das zwischen uns was keiner verstanden hat. Was keiner wusste, wissen durfte. Und trotzdem. Das Gefühl das es sich immer richtig angefühlt hat. Immer. Jedes Mal. Jeder Blick in den Spiegel. Um alles was er gesagt hat und um alles, was ich nie gesagt habe. Aus Angst. Verschissene Angst. Um die Liebe die ich nie zurückgegeben habe. Weil ich zu feige war. Um mein Herz. Meine geplatzten Träume. Meine ganze Welt. All die Fehler. Das letzte Jahr. Ich wische mir den Rotz von der Nase. Stehe auf. Hör auf, denke ich mir. Es ist vorbei. Es geht nicht mehr. Mach einen Strich. Lass es bleiben. Du warst nie genug. Und wenn, dann wirst du es nicht mehr erfahren. Ich sammele unter leisem Klavierspiel von Mozart alles von ihm ein und stecke es in eine Kiste. Auch das Taschentuch von gestern. Alles. Meine Gefühle knipse ich aus. Packe sie mit in die Kiste. Klebe sie zu. Bringe sie auf den Dachboden. Dann krame ich nach meinem Handy und rufe einen „Freund" an, den ich seit fast zwei Jahren nicht mehr gesprochen habe. Er dealt. Es ist wie früher.

„Hey Großer," meine Standardbegrüßung fällt klein aus. „Alles klar?"

„Wer isn da?" verschlafen.

„Jesus."

„Ach…du bist das. Lange nix gehört. Was machse so?"

„Nichts. Wo bist du? Hast du Zeit? Und was da?"

„Ähm…zuhause. Klar. Ja, hab ich…" sehr verwirrt. Ich kann ihn praktisch durch den Lautsprecher denken hören. Klar, es ist noch keine zwei Jahre her, dass ich ihn und seine Kollegen zum Teufel gewünscht hab. Und das dazugehörige Anhängsel. Der Kleine mit den braunen Augen. Ein Bild in meinem Kopf. Ich wisch es weg. Früher. Vorbei. Hör ihm weiter beim denken zu. Warte.

„Ok. Willst vorbei kommen oder was?" immer noch verwirrt.

„Geht das?" meine Kleinmädchenstimme. Ich hasse mich dafür.

„Klar."

„Bis gleich."

„Haunse."

Ich lege auf. Ich hab noch nie Tschüss gesagt. Oder selten. Ich gehe duschen. Dann stelle ich mich vor den großen Spiegel in meinem Zimmer. Leidenschaftslos gucke ich mir meinen Körper an. Blaue Flecken am Rücken. Und rote Striemen. Meine verkrustete Hand. Gestern. Wieder einer auf meiner Liste. Eine Kerbe, eine Narbe mehr. Meine verdammte Beischlaflatte. Die im letzten Jahr astronomische Höhen erreicht hat. Der Grund warum das halbe Viertel mich zum Mittelpunkt seiner Gespräche macht. Zum Mittelpunkt der kleinen, versifften Vorort Illusion. Die Ironie daran ist, dass mich das nach außen hin nicht juckt. Aber nachts, wenn ich schlafen will, dann kommen die Gedanken. Die Panik, der Schmerz. Der Wunsch normal zu sein. Auch eins von diesen Weibern zu sein. Oder auch nicht. Ich weiß es nicht. Der Grund warum die Weiber mich hassen. Und mein Name wahrscheinlich in unzählige Herzen gebrannt ist. Mein eigenes Herz. Ich ziehe mich an, stöpsel meine Ohren mit wummerndem Metal zu. Weg hier. Raus. Ich laufe los. Durch die Straßen. Hinter jedem Fenster ein Leben. Eine kleine Welt für sich. An der Ecke stehen die Vorortgangster. Gucken mir hinterher. Wahrscheinlich pfeifen sie auch noch. Einer von denen kommt mir vage bekannt vor. Ich weiß nicht mehr woher. Oder warum. Vielleicht von einer Party, Session. Oder ich hatte was mit dem. Keine Ahnung. Ist mir auch egal. Ich will nicht denken. Ich will mich betäuben. Mit irgendwas, egal mit was. Von mir aus auch mit Drogen. Ich laufe schneller. Nach zwanzig Minuten bin ich da. Hübsches Haus. Ordentlicher Vorgarten. Verfickte Idylle. Ich latsche über das mir so vertraute Kopfsteinpflaster zur Tür. Drücke die Klingel. Zieh mir die Stöpsel aus den Ohren. Da geht die Tür auf. Knallrote Augen realisieren mich. Ich versinke in einer nach Grass riechenden Umarmung.

„Wir sind oben." die hellroten wenden sich ab. „Geh schon mal hoch."

Ich stapfe die Treppe hoch. Drücke die Tür auf. Qualm kommt mir entgegen. Weißer Rauch. Auf dem Edelsofa sitzen Jens und einer den ich nicht kenne. Umarmung, Händeschütteln.

„Thomas." Aha. Man, sieht der scheiße aus.

„Eva."

Ich setze mich dazu. Aus der B&O Anlage blubbert HipHop. Beginner oder so. Keine Ahnung. Auf dem Tisch türmen sich

Chipstüten, Colaflaschen und kleine Päckchen aus Alufolie. Eine Bong und Plastiktütchen. Und überall braune und grüne Brösel. Mischpaper. Aschenbecher. Kippenschachteln. Das bunte Sammelsurium der Junkiewelt. Ich schäle mich aus meinen Kleiderlagen. Und sortiere meine Röcke. Beide schauen spekulativ zu mir rüber. Bei einem kann ich's ja verstehen. Ich ignoriere das. Nicht jetzt. Das Thema ist durch. Mein „Freund" kommt wieder. Setzt sich. Schiebt mir ein Glas Cola zu. Und reicht mir kommentarlos das Objekt meiner Begierde. Mische – Feuer. Beim Ziehen geht mir etwas durch den Kopf. Das ist wie Fahrrad fahren. Das verlernt man auch nicht. Der Dunst im Zimmer bekommt Zuwachs. Langsam geht die Anspannung weg. Ein blauer Schleier wabert in meinem Kopf. Ruhe. Die Jungs labern über irgendwas. Belanglos. Meine Hände kribbeln. Dann geht's direkt an mich.

„Dich hat man ja lange nich gesehen. Was machste so?" ich gucke Jens an. Was interessiert DEN das?

„Ja…Schule und so. Wie immer. Warum?"

„Man hört so einiges…" mieses Grinsen. Oh, bitte. Nicht das jetzt.

„Aha. Dann bin ich ja beruhigt." Halt doch dein Maul du Idiot. Er lacht. Sein Hackfressenkollege auch. Mein „Freund" schaut mich an. Er kennt mich ziemlich gut. Wahrscheinlich hält er deshalb auch die Schnauze. Und lässt mich einfach machen. Ich drifte wieder ab ins Nicht-denken.

„Ja, erzähl mal." dieser kleine Pisser lässt auch nicht locker. „Muss doch einiges passiert sein…!?"

„Ja. Und ich weiß auch wen das nichts angeht." Volltreffer.

„Was willst du eigentlich hier? Was soll der Scheiß? Haste keinen neuen gehabt oder was?"

Mein „Freund" dreht die Anlage leiser. Dann schaut er die beiden an.

„Wolltet ihr nicht schon vor ner halben Stunde gehen?" Ich sags ja…er kennt mich ziemlich gut. Auch wenn er es nicht weiß. Nach kurzem Zicken verschwinden die beiden. Ich hör die letzten Worte gar nicht mehr. Einfach nur dicht sein. Ich hätte nie gedacht dass ich das mal vermissen würde. Oder es noch einmal tun würde. Wenn mein Gewissen noch da wär, würd ich mich wahrscheinlich schämen. Oder so. Mein „Freund" schaut mich an.

„Okay. Und jetzt sag mir was los ist."

„Was soll sein? Ist doch alles ok, oder nich?" ich stell mich mal lieber dumm. Ich will jetzt nicht reden. Wenn ich reden wollte, wäre ich jetzt beim Therapeuten.

„Verarschen kannste dich allein, Süße." ich hasse es, wenn er mich so nennt. „Ich find das auch komisch. Erst verpisst du dich mit dem Abgang des Jahres und dann tauchst du hier auf und ballerst dir erstmal die Hirnrinde zu. Ich mein," er grinst. „ich hab schon ganz andere Sachen bei dir erlebt, aber das? Das kapier sogar ich nicht. Erzähl."

„Es ist nichts. Ich wollte halt nur mal wieder was rauchen. Einfach so." ja, was soll ich denn sagen? Das meine ganze Welt Kopf steht oder was? Das so ziemlich alles schief gegangen ist? Soll ich dem einen vorheulen? Dem damit auf die Nüsse gehen? Außerdem interessiert den das sowieso nicht. Und wenn. Was soll das helfen. Er kann das in mir drinnen auch nicht reparieren. Ich will einfach nicht denken. Und nicht fühlen. Weil ich weiß, wenn ich jetzt denke, dann verreck ich. Und fühlen? Was denn? Schmerzen oder was? Ja geil…die hab ich schon genug.

„Einfach so?" er dreht den Kopf schief. „Das glaub ich nich. Dafür hab ich zuviel gehört."

„Ja, schön. Und ich hab gehört dass ich Millionärin bin. Nur das Geld hab ich bis heute nicht gesehen."

Er grinst. Aber irgendwie wirkt er nicht amüsiert. Eher traurig. Wie so ein schwarz-weiß Clown.

„Aber ich glaub, die Hälfte von dem was gelabert wird, stimmt, oder…" Das war irgendwie keine Frage. Mein Handy bimmelt. Und erspart mir die Antwort. Unbekannte Nummer. Egal. Hauptsache nicht reden.

„Ja?"

„Hey, alles klar?"

„Wer isn da?"

„Fabian." Was will der denn? Und woher hat der meine Nummer? Ich hab die…

„Ich hab mir deine Nummer aufgeschrieben, als du im Bad warst." Aha. „Wie geht's dir?"

„Geht so." warum hab ich das jetzt gesagt?

„Warum? Was los?"

„Naja…scheiße halt. Warst doch dabei oder?" jetzt werd ich schon wieder zickig. Ich hör ihn tief einatmen. Und dann…

„Willst du vielleicht vorbei kommen? Dann können wir mal reden wenn du willst."

Ich setze zum Widerspruch an. Aber es kommt nicht dazu.

„Wir können auch nur irgendwas machen. Film gucken oder so. Wenn du magst." besser als hier rum zu sitzen und sich die Birne zukiffen. Und alte Bekannte wieder sehen. Keine dummen Fragen. Kein Gelaber.

„Lieber nicht, glaub ich. Ich muss noch einiges machen heute und so. Wann anders vielleicht?" Was soll ich da? Ist doch sowieso nur wieder mal Ego polieren. Dafür kann ich auch n Bild malen. Andererseits…vielleicht auch nicht.

„Schade…" traurig irgendwie. „Dann meld du dich halt."

„Warte mal. Oder doch. Wann denn?" ich bin so scheiß berechenbar.

vier

Mein Wecker klingelt. Ich erschrecke mich nicht mal. Ich hab die Sekunden der letzten Minute mitgezählt. Wie immer. Ich hab auf das Einschalten des Radios gewartet. Seit zwei Stunden. Auch wie immer. Ich kann nicht schlafen. Nicht Einschlafen, und wenn, dann nicht durchschlafen. Entweder aus Angst vorm nicht wieder aufstehen oder wegen meinem kranken Schädel. Dieses Gedankenchaos. Diese wirre Spirale aus Bildern, Erinnerungen und Was wenn… Sätzen. Da helfen auch keine hypnotisierenden Kassetten mehr. Ich bleibe liegen. Lausche dem Nachrichtensprecher. Ein Vierjähriger hat im Kindergarten eine

35

Schusswaffe dabeigehabt. Ein Vergewaltiger wird freigesprochen. Irgendeine Prominenz hat sich scheiden lassen. Das Wetter bleibt wie es ist. Regen – Guten Morgen Deutschland. Ich stehe auf. Gehe ins Bad. Schaue in den Spiegel. Könnte kotzen. Auch wie immer. Wenn ich das irgendwem erzähle, dann kommen die ungläubigsten Blicke. Klar, rein objektiv sehe ich bestimmt gut aus. Für die meisten wahrscheinlich zu gut. Und ich hätte einen Blick in den Augen. Sagt Fabian. Andere. Der Hurensohn. Schon klar. Es ist auch nicht das. Es ist das andere. Das in meinem Kopf. Im Herz. Das Gefühl anders zu sein als die da draußen. Das zu viele Denken. Das Kopfficken. Jeden Tag aufs Neue. Fast solange ich denken kann. Oder nicht. Oder doch. Drogen helfen. Manchmal. Gegen die Schmerzen. Die Faszination von Schmerz. Grausam. Der Hass, die Wut. Die bekloppte Angst. Nicht genug zu sein, nicht zu reichen. Mein Stillschweigen darüber. Es ist nicht so, dass ich nicht sage was ich fühle. Manchmal sogar zuviel. Dann verrenn ich mich. Aber nie das, was ich wirklich will. Weiß ich was ich will? Vorgestern…Ich schaue noch mal in den Spiegel. Setze mein Lächeln auf. Schule. Ganz toll…

* * *

„…und meist führt das natürlich zu vorhersehbaren Folgen. Das ist das Prinzip der sog. socially excluded family. Also der Unterschicht. Ich bin sicher, Sie haben in ihren Praktika einige solcher Fälle schon gesehen. Gibt es so etwas? Was denken Sie?" Sechs Hände schießen in die Höhe. Meine nicht. Das Thema bringt mich immer wieder zur Weißglut. Ich weiß auch nicht warum. Wahrscheinlich weil ich das anders sehe. Anders als die. Als der da vorne. Idiot. Der kennt das alles nur aus der Theorie. Aus den unzähligen Pädagogik Seminaren. Die er besucht hat, weil er es sonst zu nichts gebracht hat. Oder weil keine mit ihm Kinder wollte. Oder weil seine Mami ihn zu oft gewickelt hat. Oder ihm immer noch die Nickelbrillen aussucht. Man hab ich ne Laune heute Morgen. Ich kritzele weiter auf meinem Spiralblock herum. Blabla. Die Klassen Barbie ergießt sich in hypothetischen Möglichkeiten der Hilfestellungen. Ich mache die Ohren zu. Und denke an vorgestern. Noch mal. „Ich habe Zeit."

[*vorgestern*]

Meine Überpünktlichkeit. Zehn Minuten zu früh stehe ich vor der grauen Tür. Klingeln? Oder warten? Ist mir in meinem noch angedichteten Hirn sowieso egal. Ich drücke. Ein Summen. Dann ein Kratzen. Die Tür geht auf. Wieder das Treppenhaus. Vor der Metallicaverhangenen Tür noch der Gedanke was ich hier eigentlich mache. Auch egal. Komisch, irgendwie ist mir alles egal. Seit vorgestern. Oder immer schon? Oder gar nicht. Blaue Augen lächeln mich an. Ein Kuss. Ich bin verdutzt. Was soll das?

Wir sitzen wieder auf dem Ledersofa. Kein Whiskey, diesmal O-Saft. Von Granini. Ich mag das. Und Schokolade. Mit Mandeln. Naja…die Fressattacke hatte ich schon zuhause.

„Und jetzt?" meine Standardfrage.

Verwirrter Blick. Lächeln. Er hat auch keine Ahnung.

„Willste sofort mit mir ins Bett oder erst n Alibifilm anfangen?"

Erst ist er schockiert. Dann lächelt er wieder. Ganz lieb. Kein dreckiges Grinsen mehr. Und dann packt er mich da wo ich's nicht haben kann. Einfach so.

„Wir können auch mal reden." kein Zweifel. „Über dich."

Wie er das sagt. So, als ob es ich interessiert. So als ob er es wirklich wissen will. Als wenn es die Wahrheit ist. Ich versuche mein Pokerface. Zünde mir eine Kippe an. Geht nicht. Was ist los mit mir? Ich kann doch jeden verscheißern wenn ich will. Eigentlich. Aber eigentlich geht's mir ja auch gut. Oder?

„Lass mal. Da gibt's nichts zu reden."

„Ich glaube schon." er lehnt sich zurück. Macht sich auch eine Zigarette an. „Aber weißt du was? Ich hab Zeit. Und das kann warten. Was willst du denn gucken?" Okay, jetzt bin ich verwirrt.

„Was haste denn da?"

Er steht auf, geht zum Fernseher. Gibt mir eine CD Box. Ich blättere mich durch eine ganze Videothek. Wähle einen meiner Favoriten aus. Er legt die DVD ein. Ich kann mich nicht konzentrieren. Jetzt will ich's doch wissen. Ich will immer alles wissen. War schon immer so. Grenzgänger. Und immer noch einen Schritt drüber. Soweit wie es geht. Bis die Mauern explodieren.

„Was glaubst du denn was es da zu reden gibt? Du kennst mich doch gar nicht."

„Stimmt." er lächelt mich an. Die blauen Flammen strahlen. „Aber ich mag dich trotzdem. Und ich glaube nicht, dass du so kaputt bist wie du denkst. Du sitzt schließlich neben mir."

Ich bin sprachlos. Will der mich verscheißern oder was? Damit kann ich nicht umgehen. Ich dachte, der will...Und da ist der Fehler. Bumms. Die Matrix hat mich verarscht. Oder ich mich selbst. Ich hab wieder in andere Köpfe geguckt. Geschwiegen. Nicht gefragt. Soll ich fragen?

„Was weißt du denn? Außerdem ist es doch egal. Ja, ich sitz hier." irgendwie werd ich wütend. Die Dramaqueen. „Und? Was soll ich sonst machen? Mich aufhängen? Mich zuballern? Mit dir vögeln oder was?"

Er schaut mich an. Schaut mich nur an. Sehr lange. Die Protagonisten des Films verstricken sich in sinnlose Diskussionen. Schreie, Schüsse auf dem Bildschirm. Sie lassen sein Gesicht im Licht flackern.

„Was willst du denn überhaupt tun?"

Ich will aufstehen und gehen. Als wenn den das interessiert. Packe meinen Rucksack, meine Jacke. Und wenn doch? Will hoch. Er steht auf, drückt mich zurück. Hält mich fest. Umarmt mich. Ich wehre mich und auch wieder nicht. Ich weiß es nicht. Ich habe keine verfickte Ahnung was ich will. Weglaufen. Meine Haut ausziehen und einfach verpissen. Er hält mich weiter fest. Dann ist es zu spät. Ich muss heulen. Ich weine Rotz und Wasser auf seinen Pulli. Und halte mich an ihm fest. Er sieht es, schießt es durch meinen Kopf. Oder er hat es gesehen. Vielleicht. Ganz lange sitzen wir da. Irgendwann:

„Eine rauchen?" ich nicke. Er gibt mir eine Kippe. Feuer. Beruhigend. Dann nimmt er meine Hand, schaut mich an. Lange. Hält meinen Blick fest. „Was willst du?"

„Dich." ich will nicht denken. Und mit dir geht das. Wir fallen auf das Sofa. Wilde Küsse, Beißen. Meine Nägel kratzen über seinen Rücken. Klamotten fliegen durch die Gegend. Seine Hände krallen sich in meine Haare. Sein Mund an meinem Ohr. Ich will nicht warten, seufze ihn ungeduldig an. Ziehe ihn auf meine Brust. Er hält inne, nimmt meine Hände. Hält sie fest. Schaut mich an. Und dann, ganz langsam fühle ich ihn. Vorsichtig, ruhig. Zärtlich. Wie seine Augen. Er lässt meine Hände los, stützt sich auf die Ellenbogen. Streichelt mein Gesicht. Schaut mich an. Ganz sanft. Wie seine Bewegungen. Ein wunderbares Gefühl. Wie Seide. Oder Watte. Blümchensex. Wie ein Traum. Und mir laufen die Tränen über das Gesicht. Ich weiß nicht warum. Ich muss einfach weinen. Beim Vögeln heulen. Verrückt. Weil es so schön ist. So anders. Er gibt mir das Gefühl schön zu sein. Nicht begehrenswert, nicht sexy, nicht geil. Schön. Porzellan. Er küsst die Tränen weg.

„Tu ich dir weh? Soll ich aufhören?"

Ich kann nur den Kopf schütteln. „Nicht aufhörn…"

Später liege ich da und streichele seinen Kopf. Seine Locken. Was ist los mit mir? Ich versteh das nicht. Kann das nicht verstehen. Mir geht es gut. Er hebt den Kopf. Jetzt weiß ich, was nicht stimmt. Ich fühl mich wohl. Er schaut mich an. Küsst mich. Schaut mich wieder an. Und dann…

„Ich mag dich. Ich weiß nicht warum. Einfach so. Auf der Party, wie du geguckt hast. Als ob du die ganze Zeit nur weinen möchtest, aber nicht kannst. Ich kenn dich nicht, aber ich will dich kennen lernen. Richtig, ganz. Gib mir die Chance. Ich weiß, da ist wer anders in deinem Herz," ich will ihn unterbrechen, er hebt die Hand. „Nein, ich weiß es. Da ist wer anders. Ich weiß nicht warum oder wieso. Ich weiß gar nichts. Ich weiß nur, dass ich dich will. Ich will dich. Und alles was damit zusammenhängt."

Ich starre ihn an. Das haben schon viele gesagt. Zu viele. Aber irgendwas ist anders als sonst. Es fühlt sich anders an. Klare, blaue Augen. Wunderschön. Ich weiß nicht was ich sagen soll. Ich bin fassungslos.

„Du musst nichts sagen jetzt. Nicht sofort. Irgendwann vielleicht. Ich habe Zeit."

Er guckt so ehrlich. So ernst. Normal. So wie es sein soll. Wie in meinem Kopf. Die Gedanken verschwimmen zu nichts. Zu viele auf einmal. Zu viel Gefühl, Angst, Freude...Ich weiß nicht. Ich will meine Klamotten nehmen und gehen. Ich will keine Lügengerüste. Und was ist wenn's keins ist diesmal? Was ist wenn ich wieder nur weglaufe. Aus Angst. Feigheit. Und wenn ich bleibe? Was dann? Will ich das? Ich lieg da und weiß gar nichts. Nur, dass ich mich wohl fühle. Einfach so. Ungewohnt. Vielleicht weiß ich es doch.

„Nimmst du mich in den Arm?"

Er hält mich fest. Wir liegen auf dem Sofa. Und er hält mich einfach nur fest. Die halbe Nacht liegen wir da. Wir reden nicht. Nur da sein und fühlen. Und ich denke nach. Lasse meine Gedanken zur Ruhe kommen. Versuche auf einen Status quo zu kommen. Während ich die Locken streichle. Und mir die Hände anschaue. Die Arme, die Augen. Vollkommen. Objektiv gesehen. Subjektiv gesehen ist in meinem Blickwinkel sowieso nur Einer perfekt. Oder war es. Denke darüber nach was er gesagt hat. „Ich mag dich. Ich weiß nicht warum." Das ist es was mich irritiert. Dass er nicht weiß warum. Ich kenn das. Das Gefühl. Man mag jemanden, aber man kann das nicht definieren. Das ist nicht das stumpfe „bor, sieht der geil aus" oder pseudo „ich lieb ihn dafür dass er mich liebt." Das IST einfach. Ohne Grund. Ein reines Gefühl sozusagen. Wie Schmerz. Auch nur pure Emotion. Nicht wegen etwas. Einfach so. Ich check das nicht. Aber vielleicht muss ich das auch gar nicht. Oder das andere. Er hat Zeit. Zeit. Ist das gleichzusetzen mit Geduld? Würde er warten? Ich könnte das nicht. Ich konnte das nie. Ich bin quasi die Ungeduld in Person. Obwohl ich nicht weiß woran das liegt. Ich hab immer das Gefühl etwas zu verpassen. Oder es nicht zu bekommen, wenn ich abwarte. Bei Männer, Freunden...egal bei was. Warten ist Kotze. Für mich. Aber auf mich müssen auch so viele Menschen warten. Immer wieder. Ich strapaziere sämtliche Geduldsfäden. Und meine reißen schon beim kleinsten Faux pas. Bescheuert irgendwie. Aber egal. Was will ich? Ich schaue wieder in die blauen Leuchter. Wie ein Meer. Oder ein Himmel. Beides. Mit Sternen drin. Will ich das? Es wäre zu schön. Eigentlich.

Andersherum. Kann ich das? Kann meine Paranoia das? Oder stellt sich dann wieder mein Schema F ein, sobald es zu schön wird? Lauf ich dann wieder weg? Weil ich auf Liebe nicht klar komme? Was ist wenn? Und was ist, wenn nicht? Stop. Zu viele wenn's. Konkret. Was will ich jetzt? Hier bleiben. Einfach hier sein. Bei ihm. Einmal einschlafen können. Ohne Angst. Ohne Gedankenspirale. Machbar. Also tu es einfach. Schlimmer kanns nicht werden. Und wenn werd ich's ja merken. Und vielleicht…

„Ich kann dich denken hören." er streicht mir die Haare von der Backe. Irgendwie muss ich lächeln darüber. Er hat recht. Eigentlich müsste es schon qualmen. Oder so. Er küsst mich, ruckelt herum. Sofa zu klein. Ich rutsche, gleich fall ich. Er hält mich fest. Ich guck hoch, schau wieder in die Butangas - flammen.

„Solln wir mal die Location wechseln?"

Er nickt, lächelt. Ich auch. Ohne Angst einschlafen. Wenigstens heute. Und ich schlafe mit einem Gedanken ein. Ich habe doch auch Zeit. Oder nicht?

* * *

„Vielleicht möchte Eva uns das noch mal anhand eines Beispiels aus der Praxis erklären?!" bei meinem Namen schrecke ich hoch. Schaue auf meinen Block vor mir. Wieder dasselbe Bild. Verdammt. Ich gucke hoch, mein bekloppter Pädagogik Lehrer steht vor mir. Grinst mich an. Wie schön, eine Schülerin die ich scheiße anmachen kann. Wunderbar. Nicht mit mir du Pisser. Ich lächle lieb.

„Tut mir leid. Ich war gerade in Gedanken…Könnten Sie noch mal wiederholen bitte?" das Kichern geht an mir vorbei. Äußerlich. Es prallt an meiner lächelnden Fratze ab. Aber da drinnen kratzt es weiter. Jedes Feixen. Jedes Wort, jeder verfickte Buchstabe aus den mit LipGloss geformten Mündern. Es kratzt an dem Glas in meinem Spiegel. Und da sind schon so viele Kratzer. Nach der Stunde fängt mich der Idiot ab.

„Was ist denn mit Ihnen? Sie können das doch. Haben Sie Probleme? Wollen Sie mal reden? Ich kann Ihnen das nur

41

anbieten. Aber Sie müssen auch meine Seite verstehen…" hilflos steht er vor mir. Lächeln, Eva.

„Nein, nein. Es ist nichts. Mir geht's gut." ich glaube, er hat es geschluckt. Als er geht schießen mir die Tränen in die Augen. Wenigstens hat er gefragt. So wie er immer gefragt hat. Aber ich hab nie was gesagt. Warum auch? Helfen kann der mir auch nicht. Wie denn? Aber es ist schön zu wissen, dass jemand fragt. Da sind nicht viele die fragen. Ich schaff das Lächeln nicht mehr. Eine aus der Klasse bleibt stehen, guckt mich an. „Geht's dir gut? Kann ich was tun?" ich guck sie an. Tränen umflortes Kopfschütteln. Dann renn ich aufs Klo. Schließ mich ein, schließ mich weg. Ich muss hier raus. Ich kann nicht mehr. Ich krepier noch an meinem Schweigen. Aber was soll ich schon erzählen? Und wem hilft das? Verstehen kann das keiner. Oder doch, oder nicht. Ich weiß es nicht. Voll Kotze. Ich kann das niemandem sagen. Ich darf nicht. Ich darf ja noch nicht mal offiziell darüber heulen. Offiziell war da nie etwas. Oder nur die Hälfte. Und selbst das war zu viel. Das zeigen mir die Leute die mich heute angucken. Unsere Leute. Jedes mal. Aber wir sind stumm geblieben. Weil es nicht geht. In deren Welt ging es nicht. In unserer schon. Jetzt nicht mehr. Nie wieder. Seelenbrechendes weinen. All das, was nur in Bildern war. In den Texten. In den Gedanken. Manchmal zu offen, oft zu versteckt. War es überhaupt da? Aber ich erstick daran. Das ist es ja. Das Ungesagte. Das nicht ausgesprochene. Wir hatten eine Welt. Aber das war unsere, nur unsere. Nicht groß. Aber groß genug. Und das kleine bisschen ist jetzt auch kaputt. Und ich weiß nicht wohin mit dem Schmerz. Mit der Leere. Darf man über so was heulen? Ich denke immer ich darfs nicht. Und doch sitz ich hier auf dieser Scheiß Klobrille. Und flenne Rotz und Wasser. Um etwas, was es für die nicht gab. Nur für uns. Dann nur noch für mich. Und jetzt nie wieder…Ich weiß nicht wie lange ich auf dem Schulklo saß. Irgendwann stehe ich auf, geh zu den Spiegeln. Wisch mir die Tränen weg. Ich seh aus wie zwanzig Tage Regenwetter. Aber egal. Ich glaube nicht, dass ihn das stört. Und wenn…scheißegal. Ich schultere meine Tasche und gehe raus. Eine rauchen. Und dann klappe ich mein Handy auf und wähle eine Nummer. Du willst reden? Bitte. Dann kriegst du die volle Ladung. Wenn Scheiße, dann Scheiße mit Schwung.

fünf

Besorgter Blick aus den hellblauen. Sanfte Umarmung. Er hält mir die Tür auf, rückt mir sogar den Stuhl gerade. Um uns herum das typische vormittägliche Publikum des In-Cafes. Studenten, Goldkettchen Typen von denen ich nicht wissen will was sie tun um den Porsche draußen zu bezahlen. Fotographen. Homos. Die Szene eben. Morgens um halb zehn. In Deutschland. Er bestellt für mich mit. Schokolade mit Amaretto. Er trinkt Kaffee. Ohne alles. Ich schweige bis der Kellner geht. Den kenn ich auch schon ewig. Aus den Lautsprechern dudelt Pseudo Emo. Und die Plasma Bildschirme sind auf vierundzwanzig Stunden Nachrichten gepolt. Ich lese die Ticker mit. Tolle Neuigkeiten. Bürgerkriege, Aufstände, die letzte Naturkatastrophe. Leben halt. Meine Schokolade kommt. Ich nippe, verbrenn mir die Zunge. Was kann ich eigentlich? Fummel an meiner Kippenschachtel herum. Wir schweigen immer noch. Dann hält er es nicht mehr aus.
„Erzähl. Was ist denn?" er steckt sich eine an. „Ich hab meinem Chef erzählt Schicksalsschlag in der Familie. Gilt das?" er grinst. Ich auch.
„War das jetzt ein Welcome in the family?" ich liebe Galgenhumor. Aber darum geht's jetzt nicht. Er trinkt seinen Kaffee, raucht. Schaut mich an. Und wartet.
„Kann aber länger werden." ich suche wieder was zum weglaufen.
„Ich hab Zeit." süffisantes Grinsen hinter brauner Kaffeetasse.
„Und davon ganz viel." Na dann…jetzt keinen Rückzieher machen. Den hab ich schon zu oft gemacht.
Und ich fange an. Am Anfang. Am ersten Tag.

[Der Anfang - 5 Jahre vorher]

43

Schwüles Sommerwetter, eklig nass und feucht. Unerträgliche Spannung schwebt in der Luft, ja, man spürt schon fast den Donner in der Luft vibrieren. Langeweile, Trägheit, Dichtheit. Keiner hat Bock irgendwas zu machen; nur rumgammeln, Scheiße labern oder Karten spielen. Clique. Meine Familie. Meine Welt. Die geilste Zeit meines Lebens. Und ich weiß es jetzt schon. Nicht erst, wenn es vorbei ist. Die richtigen Leute, der richtige Freund. Der richtige Platz. Die richtige Zeit. Der Sommer, der Zustand in meinem Kopf. Angeborener Pessimismus hin oder her. Wenn ich hier liege, auf der Decke mit Musikbeschallung. Um mich meine Leute. Neben mir mein Hübscher mit dem Jungengesicht. Der Junge mit dem Männerkörper. Wenn ich da liege und mir um nichts den Schädel brechen muss. Außer um die Preislage von Shit, und selbst das nicht. Seit neustem. Ich schmunzele vor mich hin. Dann geht's mir gut.   Den da oben vergessen. Alles andere vergessen. Jung sein. Einfach so. Der Sommer. Das Feeling.   Ich lache mit den andern. Wir diskutieren über die Vorteile von Schwimmbädern und dem Fluss. Ja, wohin. Keiner weiß es. Da öffnet der Himmel plötzlich die Schleusen. Das war nicht nur Regen, das war die Sintflut. Fluchend rennen wir mit den Decken Richtung Bäume. Aber unterstellen geht da auch nicht. Alles matschig und nass. Noch nicht mal die Zigarette kann man rauchen. Nach zwei Zügen schon völlig durchnässt. Und dann das erste Krachen und der erste Blitz. Von einer Sekunde auf die andere ist es stockdunkel. Angst haben wir alle. Man hat das Gefühl die Apokalypse bricht aus. Echt der absolute Wahnsinn. Ich bin unglaublich fasziniert. Sommerregen. Der Geruch, die Klänge. Ich hab das schon immer geliebt. So sehr, dass ich alles andere vergesse. Irgendwann sehe ich dann doch, dass mein unglaublicher Freund seinen Rucksack auf der Wiese hat liegen lassen. Den Rucksack mit dem Grass. Mit den verdammten drei Kilo Grass. Ganz großes Tennis. Wie kann man so blöd sein. Tja... wir zwei hin und ich bin nach einem Schritt schon klatschnass. Aber das ist nicht schlimm, es ist richtig geil. So nach dieser ekligen Schwüle auf einmal ne richtige Abkühlung. Hat sich das mit dem Schwimmen auch erledigt. Fast am

44

Rucksack angekommen sehn wir plötzlich zwei Gestalten auf uns zu rennen. Mit Unterstellen war sowieso Essig. Also stehen bleiben. Warten. Ich weiß nicht warum. Ich bleib einfach stehen. Vielleicht eine Vorahnung. Ein Gefühl. Ich weiß es nicht. Ich wusste nie warum. Und dann hab ich das erste Mal in grüne Augen geschaut und es aufgehört zu regnen.

Später. Bei meinem Freund zuhause sitzen wir. Die Hälfte von uns. Die andern sind noch los. Wollen irgendwo noch eine Aktion starten. Ich geh nicht mit. Kein Bock. Keine Ahnung warum. Vielleicht will ich die grünen Augen kennen lernen. Wir sitzen da, wie immer. Die Tüte geht rum, irgendein Film läuft als Hintergrundbeschallung. Ein Kasten Bier. Eine Flasche Wein. Guter Wein. Darauf lege ich wert. Ich mag kein Bier. Das Weed liegt in der Küche. Zum Trocknen. Ich bin ja mal gespannt ob man das noch rauchen kann. Ich trinke mein Glas leer und will zur Flasche greifen. Da ist jemand schneller als ich. Kurzer Blick aus grünen Augen. Dann schüttet er nach. Zweiter Blick. Und wieder dasselbe Gefühl. Was ist das? Ich flachse weiter mit den anderen. Diskussionen über nichts. Ich mag das. Es wird später und später. Nach dem zweiten Film ist mein Hübscher jenseits von Gut und Böse. Wie immer. Ich denke sinnloser Weise darüber nach ob ich bleibe. Wäge für und wieder ab. Nein. Wie immer. Ich schaue in die Runde. Mein Hübscher, aufs Sofa gefläzt neben mir. Auf dem anderen noch drei Leute. Die grünen Augen, Jens und Isa. Was nun? Isa steht auf, Jens und der Grünäugige mit ihr. Ich auch. Die drei gehen schon runter. Ich küsse meinen Hübschen, das übliche Gebrabbel. Dann knalle ich die Tür zu, renne runter. Wir gehen los. An der Ecke muss ich nach links, die andern nach rechts. Bis auf den Grünen mit den schwarzen Haaren. Er bleibt neben mir stehen. Die andern verteilen Bussis. Weg. Dritter Blick.
„Wo musst du hin?"
„Unten am Krankenhaus in der Nähe." Ich schaue zurück. Grün auf Braungrün. „Warum?"

„Damit ich weiß, wo ich dich abliefern muss. Und wieweit mein Umweg ist."

„Du musst mich nicht wegbringen." ich mach zu. Die Beschützernummer ist out bei mir. Mich klaut keiner. Und wenn, dann bringt er mich spätestens morgen früh zurück.

„Müssen nicht." er lächelt mich an. Schüttelt sich die Haare zurück. „Aber wollen. Außerdem lässt man hübsche Mädels in solch einem Aufzug nachts nicht alleine gehen." Bei diesen Worten beäugt er meinen schwarzen Chiffonrock, knielang. Das Spitzentop, samtig schwarz. Und die Stiefel. Handschuhe aus Satin, ein Halsband und geflochtene rote Haare komplettieren das Bild. Ich find's geil.

„Du siehst aus wie eine Mischung aus Mittelalter und Edelpunk." Wieder das Lächeln. Dann der Satz meines Lebens. „Ich komm mir dagegen voll dreckig vor. Aber an dir gefällt's mir trotzdem. Junge Dame?" er hält mir den Arm hin. Ich muss grinsen. Das ist doch mal ein Bild. Eine Vollgoth am Arm eines Nietenverzierten, langhaarigen, zotteligen und nach Bier und Männerschweiß riechenden Punk. Mit weiß geschnürten Stiefeln und kaputter Hose. Wenigstens haben wir gleich viel Blech im Gesicht. Mein Grinsen wird breiter. Die letzte Tüte kommt noch mal zum Zug. Ich muss lachen. Ich bleib stehen, muss mich beruhigen. Er lacht einfach mit. Wir gehen weiter. Ich hänge immer noch in seinem Arm. Verrückt. Ich weiß gar nicht wer das ist. Nur seinen Namen. Oder wo er weg kommt. Oder überhaupt. Was mach ich hier? Meine Gedanken werden unterbrochen.

„Seit wann bist du mit dem zusammen?" oho, denke ich. Direkt ans Eingemachte.

„Seit drei Monaten. Noch nicht so lang."

„Und die andern? Seit wann kennst du die alle?" jetzt muss ich erstmal nachdenken. Ich bleibe stehen, zünde mir eine Zigarette an. Er dreht sich eine. Gauloises Tabak. Hab ich noch nie geraucht.

„Also," langer Monolg jetzt. „Pass auf. Jens und Isa kenn ich auch erst seit drei Monaten. Die sind mit meinem Freund zusammen aufgetaucht. Frederik, der große Blonde, ist seit den

Anfangszeiten vor einem halben Jahr dabei. Und die andern die da waren, also, bei meinem Freund, Juditha, Carsten, Chris und Joel, die kenn ich seit fast einem halben Jahr. Die waren sozusagen die Ersten die dabei waren. Das ist so ziemlich auch der feste Kern. Die andern, von heute Nachmittag sind nicht immer da. Aber oft genug." Ich drehe den Spieß um. „Und du? Woher kennst du Jens?"

„Ich bin in seiner Stufe. Auf Gesamt. Und wir haben Diff zusammen gehabt. Und jetzt hat er mich einfach gefragt ob ich mit will. Er kennt da so Leute, hat er gesagt." er grinst. Ich auch. Den Rest des Weges schweigen wir uns an. Ein stilles Einvernehmen. Hatte ich noch nie. Das ich mit jemandem Schweigen kann. Ich genieße es. Den ganzen Weg. Vor der Haustür bleib ich stehen. Er gibt meinen Arm frei, guckt. „Schicke Gegend." Smilen in den Grünen. „Ich denke, man sieht sich?"

„Definitiv." ich will ihm die Hand geben. Er ist schneller. Drückt mich kurz an sich, nur ein Augenblick. Aber das Gefühl brennt sich in meine Brust. In meinen Kopf. Richtigkeit. In meine Seele. Mein Herz. Er stupst mich auf die Nase.

„Bis demnächst dann." sein Lächeln.

„Bis dann." mein Lächeln. Er dreht sich um und geht. Als ich noch seinen Namen anhänge, ist er schon um die Ecke verschwunden. Der Anfang tausender Bilder, Millionen von Buchstaben. Einer Geschichte.

„Gabriel…"

* * *

Ich zünde mir die fünfte Kippe an. Schaue in die Blauen. In meinen Amaretto Kakao. Der ist jetzt auch kalt. Ich gucke wieder mein Gegenüber an. Er rührt in seinem Kaffee. Ist bestimmt auch schon kalt. Er winkt dem Kellner. Bestellt neuen Kaffee. Guckt mich an. Ich nicke. Dasselbe noch mal. Am liebsten mit mehr Amaretto. Oder so. Wir Schweigen bis die Getränke kommen. Dann breche ich die Stille zwischen uns.

47

„Kennst du das, wenn sich etwas richtig anfühlt? Verstehst du das?"
„Kennen tu ich das vielleicht." er schaut mich an. Ehrlich.
„Verstehen nicht. Aber vielleicht kann ich mir das vorstellen."
Immerhin, denke ich. Dann trinke ich meine Schokolade. Drücke meine Kippe aus. Ich will weiter reden, da kommt wieder so eine Aussage. Die mich aus der Bahn wirft. Volles Rohr.
„Ich denke mal, so fühlt sich Liebe an."
Ich starre in meinen Kakao. Und da liegt der Hase im Pfeffer, denke ich.
„Und wenn das so ist," ich schaue hoch. „Warum hat es dann nie funktioniert?"
Er schaut zurück. In seinen Kaffee. Wieder zu mir.
„War es denn mal so," er greift zu den Kippen. „ dass es hätte funktionieren können? Wart ihr mal zusammen?"
"Zweimal. Offiziell."

* * *

Kurz vorm Auflösen der Clique. Nicht auflösen. Eher aufspalten. Teilen. Zwei Seiten, zwei Meinungen. Differenzen. Ideale. Streitpunkte. Man kann's eigentlich nennen wie man's will. Bleibt trotzdem dasselbe. Wir wollen ins Schwimmbad. Die eine Hälfte. Der harte Kern. Mit Gabriel und Jens. Mein Hübscher ist Geschichte. Seit gestern. Einfach so. Und es interessiert mich gar nicht. Da ist wer anderes in meinem Kopf. Die Grünen Augen. Und der Rest. Wir haben viel gesprochen. Und noch mehr geschwiegen. Er schreibt, sagt er. So wie ich, denke ich. Und er hört Onkelz. Ich mag die Musik. Und ihn. Sein Anders sein. Im Schwimmbad benehmen wir uns wie die Kleinkinder. Ich hätte nie gedacht, dass das geht. Spritzen, Döppen, Rutschen – das ganze Repertoire. Und seine Augen kleben an mir. An meinem Körper. Aber ich genauso. Er ist so dünn. Wie ein Model. Und ganz blass. Im Gegensatz zu mir sieht er aus wie Kreide. Oder Alabaster. Ich weiß nicht. Nach dem Rutschen sitzen wir beide alleine draußen. Der Rest ist irgendwo. Kein Plan. Interessiert mich nicht. Auf der Wiese sitzt eine Familie mit drei Kindern. Die spielen Federball. Und dann Schweinchen in der Mitte. Als der Mann anfängt die Taschen zu packen, schweigen wir immer noch. Ich rauche. Dann drücke ich die Kippe aus. Will aufstehen. Er nimmt meine Hand. Schaut mich an. Frotzelt ein bisschen. Und dann schaut er mich lange an. Nimmt mein Gesicht. Und küsst mich. Einfach so. Sehr lange. So lange, dass ich alles vergesse. Alles um mich herum. Alles in mir drin. Alles verschwindet aus meinem Kopf. Er schmeckt wie Sommerregen. Wie Schokolade und Erdbeeren. Und dann weiß ich nichts mehr. Wir sitzen später im Bus. Die anderen feixen, blödeln. Ich kuschel mich an seine Schulter. Und denke immer noch nichts. Ich bin voll im Gefühl. Im Moment. In seinem Arm. Einfach da.

So ist es immer. Jedes Mal wenn er mich küsst. Die nächsten zwei Wochen tun wir nicht viel mehr als beieinander zu sein. Entweder mit den Leuten, oder allein. Bei mir, bei ihm. Egal wo. Nur seine Hand fühlen. Seinen Kuss. Einfach eine Berührung von ihm. Irgendwie. Und wenn es nur der Arm um meine Schulter ist. Dann fühl ich mich wohl. Die Clique trennt sich in diesen zwei Wochen auf. Wir gehen zur selben Hälfte. Treffen uns jetzt an der Schule. Nicht mehr so oft im Park. Die andern bleiben da. Die Chemos. Wegen den Pillen und dem Rest. Wir bleiben dann wohl die Kiffer. Oder Alkies. Mein Hübscher geht mit ihnen mit. Vor zwei Monaten wäre ich mitgegangen. Jetzt nicht mehr. Jetzt leb ich. Wie auf Wolken. Wie mit Flügeln. Keine Ahnung warum. Wegen ihm. Weil er da ist. Einfach so. Sein Kuss. Es bleibt nicht dabei. Er verabredet sich mit mir für heute Nachmittag. Bei mir. Dann sperrt er mich aus meinem Zimmer aus. Ich sitze im Wohnzimmer und warte. Und rauche.

Er steht vor mir, reicht mir die Hände.

„Mach die Augen zu, meine Kleine." Ich lächle. Dann tu ich was er sagt. Kinderglauben. Wie Gottvertrauen. Er führt mich. Ich wandre durch Dunkelheit, seine Hände auf den Augen. Warm. Irgendwann: „Mach sie auf."

Ich stehe in meinem Zimmer. Umgeben von Kerzen und Blumen. Weiße Rosen. Und zwei Rote. Auf meinem Bett.

Daneben ein Blatt Papier. Mit einer großen Unterschrift. In Love steht da. Kunstvoll gemalt. Darüber ein Text. Sein Text. Für mich. Ich lese ihn. Strahle. Und dann muss ich mich setzen. Und mir schießen die Tränen in die Augen. Ich lache und weine gleichzeitig. Ich fühle mich wie im Märchen. Wie ein Traum. Ein ganz neues Gefühl. Für mich. Der schönste Traum in meinem Leben. Er hebt meinen Kopf, schließt mich in seine Arme. Das Gefühl vom Angekommen sein. Ich verkrieche mich in ihm. An ihm. Ich fühl mich so voll mit Liebe, dass ich platze wenn ich es nicht heraus lasse. Ich klammere mich in seinen Pulli. Er schaut mich an. Augen wie Smaragde. Er wuselt mit der Hand durch meine Haare. Dann küsst er mich. Und krallt sich fest. Drückt mich bis ich keine Luft mehr bekomme. Aber das interessiert mich nicht. Ich will das auch. Ich will in haben. Ich will ihn fühlen. Ich will ihn auffressen. Ich beiße in seinen Hals. Er keucht, schaut runter. Hält meinen Kopf fest. Drückt mich auf mein Bett. Und nur ein Gedanke fließt durch meinen Kopf, als er seine Zähne in meiner Brust versenkt. Das was ich tue ist richtig.

Später liegen wir da. Ich den Kopf auf seiner Schulter. Wir sagen nichts. Wir schweigen einfach. Und liegen da. Sein Geruch wandert in meine Nase. Wie eine Droge. Das beste Rauschmittel was es gibt. Sein Körper ist das schönste was ich je gesehen hab. Wie Glas. Und so warm. Feuer. Heizung. Unglaubliche Ruhe in meinem Kopf. In meinem Herz. In meiner Seele. Ich streichle über seinen Arm. Schulter. Da ist eine Kruste. Zu fest gebissen, denke ich. Zu viel lieb gehabt. Wir haben beide geschrieen. Jetzt nicht. Mein Kopf ist leer. Er dreht sich um, liegt neben mir. Schaut mich an. Das, was ich fühle, spiegelt sich in seinen Augen. Mein Spiegel.

„Ich liebe dich." ich weiß nicht, warum ich das sage. Es ist so.

„Warum?" er schaut ein bisschen verwirrt. Das erste Mal. Das letzte Mal.

„Weiß ich nicht."

„Ich dich auch."

„Warum?" ich grinse.

„Weiß   ich   nicht."
Wir liegen noch lange da. Und schauen uns an. Einfach so. Ohne
Glauben, ohne Denken – ohne Bangen. Nur mit einer
Gewissheit. Die Gewissheit des Anderen. Des Gefühls. Des
Seins.

* * *

Ich arbeite mich durch die Schichten aus Erinnerung zurück. Wo
bin ich? Um mich die Betriebsamkeit der Mittagsschicht. Vor
mir die leere Tasse. Langsam kommt die Realität wieder. Und
mit ihr die Fragen meines Zuhörers.
„Das hast du nie wieder zu jemandem gesagt, oder?" woher weiß
er das?
„Nein." ich drücke meine letzte Kippe aus. Verbrenn mir den
Finger. Zerknautsche die Kippenschachtel. Schaue mich um. Die
Nachrichten. Wieder dasselbe. Die Musik hat gewechselt. Von
Emo zu den Charts. Na ganz toll. Voll meine Richtung. Fabian
und ich schweigen uns an. Unangenehm irgendwie. Mein
Hintern ist eingeschlafen. Verdammt. Ich wackle mit den
Beinen. Hört nicht auf.
„Komm, wir gehen." er winkt dem Kellner. Lädt mich ein. Hält
mir die Jacke hin, die Tasche. Beim Rausgehen die Tür. Ich lasse
mich von seinem Willen treiben. Ich bin noch zu tief in der
Erinnerung. In den Bildern, Momenten. In der ganzen Zeit. Wir
stehen vor einer Ampel. Da hält er mir die Hand hin. Ich zögere.
Wenn, dann richtig. Denke ich. Er schaut mich an. Die Ampel
wird grün. Wir bleiben stehen. Irgendwas in mir drin bleibt auch
stehen. Ich schaue zurück auf die Hand. Und schieb den Zweifel
weg. Dann nehm ich sie.
Und wir gehen. Den ganzen Weg bis zu ihm. Er wird zuhören.
Vor seiner Haustür bleiben wir stehen. Er kramt nach dem
Schlüssel. Ich schaue ihn an.
„Willst du das wirklich hören?"
Er verharrt in der Bewegung. Starrt mich an, als ob ich nicht
mehr alles Tassen im Schrank hätte.
„Wäre ich sonst hier du Leuchte?" ich lächle.

51

sechs

In seiner Wohnung kuschelt er mich in eine Decke. Bringt mir Saft. Gibt mir Feuer. Fragt mich dreimal ob ich nicht doch Hunger habe. Nein. Er räumt in den Zimmern herum. Lässt mich in meinen Erinnerungen kramen. Irgendwann hält er es dann nicht mehr aus. Draußen wir es neblig. Ein bisschen.

„Und dann?" Er raucht schon die vierte Kippe. „Was war dann?"

„Ich hab ihm das Herz zertrümmert. Wegen eines anderen. Der war neu in der Clique. Ich weiß auch nich...alles dumm gelaufen irgendwie. Da war halt so n Typ. Nett, hübsch. So normal irgendwo. Nicht so anders wie er – nicht so wie ich....ach man. Scheiße halt. Wahrscheinlich hatte ich einfach Angst was zu verpassen." Jetzt ist es raus. Ich schweige. Lasse den Moment noch mal an mir vorbei ziehen. Den Tag danach. Gabriels Arme. Von den Handgelenken bis zur Schulter hoch. Kein Fetzen heiler Haut mehr. Offenes Fleisch. Der Pulli darüber. Salz in meinen Wunden. Und die Augen. Die wunderschönen grünen Augen. Der Blick hat sich unauslöschbar in mein Herz gebrannt. Die Tränen. In diesem dämlichen Park. Auf den dämlichen Treppen. Das dumme Gespräch. Die ganze Situation. Sekundenschmerz.

„Hey," er wedelt mit der Hand vor meinem Gesicht herum. „Komm wieder zurück."

Aber ich bleibe da wo ich gerade bin. In der Zeit. In der Welt.

* * *

„Dieser verdammt Wichser!" ich schniefe ins Taschentuch. Neben mir meine beste Freundin. Sie reicht mir immer wieder die Kleenexpackung. Und unterstützt mich mit neuen Schimpfwörtern. Arschloch. Das bleibt in meinem Kopf. Für immer. Arschloch. Der Andere. Hat sich mit einer von den

Neuen zusammen getan. Sie ist hübsch. Dünn. Schön. Und ich fühl mich wie das letzte. Meine Freundin versucht mich aufzubauen. Aber wie? Geplatzte Träume sind irreparabel. So wie mein Herz. Irgendwann spiele ich ihr ein Lächeln vor. Ich weiß, sie will das sehen. Für ihr Gewissen. Damit sie beruhigt ist. Damit sie gehen kann. Zu den Anderen. Ich bin raus. Aus der Clique. Aus meiner Welt. Weil ich die Wahrheit gesagt habe. Weil die Neue ihn sowieso nur verarscht. Meine Familie. Alles weg. Kaputt. Zerbrochen. Und er auch. Mein Herzblut. Ich heule mich in den Schlaf.

Nachts werde ich wach. Und mir schießt etwas durch den Kopf. Wie sehr ich Gabriel verletzt habe. Wie sehr es wehgetan haben muss. Mich zu sehen. Mit einem Anderen. Ich krampfe mich in meinem Bett zusammen. Ich habe das Gefühl meine Brust explodiert. Ich kann nicht mehr. Ich greife nach dem Telefon. Ich schau nicht auf die Uhr. Egal. Ich muss das loswerden. Es tutet. Und tutet. Ich heule weiter in meine Kissen.

„Hallo?" verschlafen. Ich heule und schluchze. Ich kann nicht richtig sprechen.

„Hallo? Werisn da?" voll geweckt. Ich muss mich zusammenreißen. Der erste Ton hört sich an wie ein blökendes Schaf.

„Gab..riel?" asthmatisches Luftholen.

„Eva?" wach. „Was ist? Geht's dir gut? Hallo?"

„Nein, mir geht's beschissen." ich röchle ins Telefon. „Bitte, kannst du kommen? Ich muss dir was sagen. Bitte."

„Ich...guck mal auf die Uhr..." Pause. Rascheln. „Bin gleich da."

Als er rein kommt schaut er mich an. Nachts um vier. Draußen ein einziges Schneegestöber. Und er nimmt mich in die Arme. Einfach so. Und lässt mich weinen. Hört sich meine gestammelten Entschuldigungen an. Nimmt sie hin. Vergibt mir. Hält mich fest. Hört mir zu. Absorbiert meinen Schmerz. Schaufelt ihn einfach weg. Lässt ihn verschwinden. Vergibt mir, weil ich es nicht kann. Glaubt mir. Blind. Ich kann gar nicht mehr aufhören zu heulen.

Die nächsten Tage sehen wir uns viel. Er ist oft bei mir. Aber noch öfter bin ich bei ihm. Wir reden, schreiben. Er stellt mir seine Freunde vor. Seine Welt. Die neue Welt. Mir ist es egal wo ich bin. Ob in einem verlausten Dreckloch. Oder in besetzten Häusern. Unter einer Brücke. Egal. Er ist da. Und alles andere auch. Das Verlangen. Das Brennen, das Feuer. Wenn er mich küsst. Wenn er meine Hand hält. Wenn er neben mir geht. Den Arm auf meiner Schulter. Geborgen. Ich lebe wieder auf Wolken. Ein Abend bleibt in meinem Gedächtnis. Wir sitzen in seinem Zimmer auf dem Teppich. Vor dem großen Spiegel. Irgendwann legt er seinen Kopf auf meinen Schoß. Ich rieche die Reste dessen, was an mir klebt. Und ihn. Ich kann ihn riechen. Das konnte ich noch nie. Bei einem Andern. Deo riecht komisch an ihm. Oder Duschgel. Ich streichle die Haare. Das Gesicht. Ich könnte ihn mit geschlossenen Augen zeichnen. Jeden Gesichtszug. Die Lippen. Der Verlauf vom Jochbein zum Kinn. Die Nase. Vollkommen.

„Was machen wir hier eigentlich?" ich schaue ihn an. Er öffnet die Augen. Wahrhaftigkeit.

„Heilung." er nimmt meine Hand. Hält sie vor sein Gesicht. Schaut lange darauf und fährt mit den Fingern die Linien in meiner Handfläche rauf und runter. „Die Risse im Herz heilen. Auf der Seele. Irgendwie so was." Ich schaue ihn an. Und meine Angst verfliegt, als wir noch mal miteinander schlafen.

Am nächsten Tag machen wir es offiziell. Seine neuen Freunde sind begeistert. Meine Eltern gucken komisch. Und der Rest interessiert mich nicht. Nicht mehr. Nur in meinem Hinterkopf. Ein bisschen. Der Verlust meiner Welt. Meiner Familie. Meiner Freunde. Meine Clique. Mit wenigen habe ich noch Kontakt. Manchmal vermisse ich sie. Aber nicht oft. Nicht, wenn er da ist. Egal wo. Auch bei seinen linken Punks nicht. Außer ich bin allein da. Dann schon. Ich lasse mich in der neuen Welt treiben. Musik machen. Den traum von Freiheit leben. Oder ein Stück davon. Gegen alles – um dafür zu sein. Ein halbes Jahr. Bis zu einem Abend. Der Abend. Der große Knall. Wir sind auf einer Party eingeladen. Bei seinen Kollegen. Ein dreckiger Hinterhof. Eine zehn Quadratmeter Bude. Überfüllt mit Menschen. Iros wohin man guckt. Dröhnende Musik. Und wieder fließt der Alkohol in Strömen. Das Marihuana. Aber dann verschwinden Leute aufs Klo. Immer dieselben. Irgendwann haut mich der beste Freund von Gabriel an, ob ich auch will.

„Was denn?" frage ich. Neben mir kotzt sich ein Mädel die Seele aus dem Leib. Mitten aufs Sofa. Ganz toll.

„Ja, ne Nase ziehen." ich erstarre. Schaue ihn fassungslos an. Die riesigen schwarzen Löcher in seinem Gesicht. Ich schüttele den Kopf. Aufstehen, raus gehen. Aus der versifften Wohnung. Auf die Straße. Mir ist schlecht. Ich setze mich vor der Tür auf den Boden. Ich glaub's nicht. Ich kann mit viel leben, aber damit nicht. Das ist mein Horror. Chemie. Chemos. Erinnerungen, Bilder. Nein. Ich verdränge das. Ganz nach hinten zurück. Ich schaue auf die Straße. Rauche. Und kann es nicht glauben. Das geht nicht. Das ist nicht meine Welt. Das kann ich nicht. Eine Hand wedelt vor meinem Gesicht.

„Hey, kleine!" fettes Grinsen im Gesicht. „Was los? Warum sitzte hier rum?"

„Sag mal," ich gucke hoch. Irgendwie bin ich sauer. Wütend. Er weiß es doch. Ihm hab ich es erzählt. „Bist du auch n Chemopunk oder was?"

„Was?" er geht in die Hocke. „Was bin ich?"

„Seit wann stopft ihr euch hier mit dieser Scheiße voll?" ich steuere auf das Drama zu. Verdammt.

„Ey, bleib ma locker." er verlagert das rechte Bein. Schaut irgendwie komisch. Verletzt. „Was ist denn? Lass die doch Nasen ziehen. Ist doch deren Sache."

„Hallo?" ich gucke ihn an. „Bist du bekloppt? Das ist scheiße, ist das. Und du? Du auch oder?"

„Bist du bescheuert?" er steht auf. „Ja, ich hab ma n Teil geschmissen. Aber sonst nichts. Was soll das?"

„Ja geil. Findste das toll, oder was? Fühlt ihr euch dann richtig cool? Oder rebellisch? Wenn ihr euch die Birne zuhaut?"

„Ja, sorry. Wir sind halt nicht so wie du…" wir steigern uns immer weiter rein. Mich kotzt das an. Er weiß es doch. Und ich rege mich auf. Über Müll. Verdammt. Der ganze Alkohol in meinem Kopf schwappt über. Und der Drogencocktail in seinem auch. Irgendwann werfe ich ihm an den Kopf das er genauso ein Ätzpunk ist wie andere. Das saß.

„Spinnst du?" wütend. „Du hast doch n Knall, Perle. Was glaubst du denn? Glaubst du das? Echt? Überhaupt…was soll das alles. Nur weil David dich was gefragt hat. Der kann doch nicht riechen, dass dir ein Chemo mal…"

„Sei still!" ich schreie. Dann ist es plötzlich ganz still. Wir schauen uns an. Ein kleines Stück die Straße runter kommen zwei seiner Kollegen. Torkeln über die Straße. Ein Auto hupt. Die zwei gehen an uns vorbei. Voll zu. Ich weiß nicht, was ich sagen soll. Ich stehe da und warte. Auf was, weiß ich auch nicht. Die letzten Minuten ungeschehen machen. Die letzten Worte. Oder auch nicht. Er starrt mich an. Verletzt und wütend. Sauer. Ich auch. Und keiner weiß warum. Er holt tief Luft. Dann geht er rein. Ich sinke an der Wand hinunter. Unfähig irgendetwas zu tun. Oder zu denken. Ich sitze einfach da. Leer. Die Straße, mein Kopf. Irgendwie taub. Die Tür knallt. Er kommt wieder. Meinen Rucksack auf der Schulter. Meine Jacke.

„Komm, wir gehen."

Schweigend, seine Hand in meiner, gehen wir zu mir. Bis wir in meinem Zimmer sitzen sagt er kein Wort.

Er steht auf. Geht pinkeln. Kommt zurück. Setzt sich aufs Sofa, die Ellenbogen auf den Knien. Das Kinn auf die Hände. Diese Hände. Meine Hände. Ich hocke auf dem Bett, starre ihn an. Greife zu meinen Kippen. Halte sie ihm hin. Reflex. Er schüttelt den Kopf.

„Du rauchst zuviel." Er schaut mich an. Ich gucke zurück. Mir liegt eine Erwiderung auf der Zunge. Aber ich schlucke sie runter. Das gerade war schon zu nahe an einer Grenze. Ich schaue auf meinen Laminat Boden. Überhaupt, Grenzen. Wo ist seine? Ich weiß wo meine liegt, in etwa. Was spezielle Dinge betrifft. Drogen. Krams. Manchmal, wenn ich manche Dinge höre die er sagt. Die seine Freunde von sich geben. Dann krieg ich eine Gänsehaut. Die wissen nicht was Grenzen sind. Und er? Da sind Kratzer auf dem Laminat. Gabriel und Grenzen? Vielleicht. Manchmal. Aber er ist so. Immer noch zwei Schritte weiter. Einer geht noch. Anarchist aus tiefster Seele. Und ich? Er steht auf, kommt auf mich zu. Nimmt meine Kippe. Zieht einmal, macht sie aus. Nimmt meinen Arm. Fest. Drückt mich auf mein Bett. Will mich küssen. Was soll das jetzt? Ich rieche Bier und Schweiß und noch was. Was komisches. Ich drehe den Kopf weg. Meint der mit ficken ist jetzt alles geklärt oder was? Ich versuche ihn weg zu drücken. Er hält meine Hände fest. Schiebt sie über meinen Kopf. Starrt mich an. Schwarze Augen.

„Ich will dich!"

„Aber ich dich nicht!" ich zerre an meinen Armen. Er hält mich noch fester, tut mir weh. Ich bekomme langsam Angst. Und noch schlimmer. Ich werde geil davon. Verdammter Unterleib!

„Lass mich los!" ich schreie fast. Er drückt sich mit seinem gesamten Gewicht auf mich. Ich beiße in seine Schulter. Scharfes Luftholen an meinem linken Ohr. Er zieht mit einem Ruck den Arm weg. Ich reiße die freie Hand hoch. Kein richtiger Treffer. Nur ein bisschen Blut an der Lippe. Er wischt es weg. Schaut mich lange an. Waldboden auf grünem Bergsee. Dann küsst er mich. Und ich lasse ihn. Salzig, warm. Meine Finger verkrallen sich in seinen Haaren. Nägel bohren sich in meine Hüfte. Ich verliere Zeit und Raum.

sieben

Draußen ist es dunkel geworden. Ich kann durch das Fenster den Mond sehen. So rein weiß. Illumination für all die schwarzen Herzen da draußen. Der Nebel ist weg. Eine Träne kullert über meine Wange. Die letzte für heute. Hoffentlich. Noch mehr geht nicht. Ich weiß auch nicht. Ich weiß gar nichts. Ich bin gar nicht da, irgendwie. Oder doch? Ich sitze hier auf diesem Sofa. Immer noch. Und er starrt mich an.

„Ja und?" fragt er. „Was dann?"

„Ja...was soll schon passiert sein..." ich gucke überall hin. Auf meine Fingernägel. Die müssten mal lackiert werden. Auf die Wände. Aus dem Fenster. Nur nicht in Fabians Gesicht.

„Danach hab ich noch mal eine Diskussion gestartet. Über seine Freunde und dass mir das alles so nicht passt. Und das ich die

Aktion auch nicht ganz so witzig fand. Da hab ich ihn blöd angemacht, von wegen typisch Mann und so. Vögeln und dann ist alles wieder rosarot. Fand er nicht so cool. Er hat dann zurück geschossen. Von wegen ich wär auch so eine Tussi. Gothic halt. Und da bin ich dann ausgeflippt. Oder wir beide…" ich muss mich räuspern. Eine rauchen jetzt.

„Ich hab ihm dann gesagt, dass er alleine vor die Hunde gehen kann. Das ich da nicht mitmachen will. Das ich nicht mit den Leuten kann. Naja…dann haben wir es noch so ein bissel versucht. Aber es hat nicht geklappt. Irgendwie. Dann kam mir meine alte Clique dazwischen. Alles sehr chaotisch und beschissen abgelaufen."

„Deine alte Clique?" er pustet den Qualm in meine Richtung.

„Ja…" ich schließe die Augen. Qualm brennt. „Ich hatte Recht was die Neue anging. Die hat Arschloch nur betrogen und belogen. Irgendwann ist das aufgeflogen und die sind zu mir angekrochen gekommen. So von wegen es tut ihnen leid und so. Ja, und dann war alles anders. Wieder mal. Er weg…irgendwann neue Perle. Hab ich so gehört über andere. Und ich hatte auch andere. Arschloch wieder. Dazwischen noch ein paar mehr. Zu viele. Und das Kiffen hab ich auch wieder angefangen. Das sinnlos durch die Gegend treiben – und dazwischen immer wieder das steile Auf und Ab der Emotionen…Typen. Betörung. Keine Ahnung. Emotionen halt."

Er nimmt einen Schluck O-Saft.   Will sich nachschenken. Flasche leer.

„Emotionen?" er guckt mich an. „Wie jetz?"

„Ja, was ist denn jemanden geil finden?" ich gucke ihn an. Ist der doof? „Oder jemanden wollen, wenn man ihn das Erste Mal sieht? Meinst du das ist gleich verliebt sein oder was?"

„Vielleicht!?" irgendwie verstört. Ich kichere, obwohl ich das gar nicht so lustig finde.

„Nich wirklich. Also, ich glaub, wenn man jemanden sieht und den toll findet, dann ist das   nur reine Emotion. Man *will* den oder die dann halt. Man begehrt die Person dann. Und setzt erstmal konsequent die rosa Brille auf. Strohfeuer. Nur ein Funke."

„Warte mal." er lehnt sich zurück. Macht sich die nächste Kippe an. Starrt mich durch den Rauch an. „Und die zu vielen waren dann auch nur solche Strohfeuer oder was?"

„So ungefähr." ich weiß nich wie ich das sagen soll. Aber das stimmt ja auch nicht. Ich hab einfach nur Angst zuzugeben, dass ich mich nicht mehr richtig getraut hab. Fallen lassen und so. Der ganze Gefühlsscheiß halt. Jemandem vertrauen. Das Kribbeln war einfach weg. Oder ich hab es nicht zugelassen. Gefühle nicht aufgebaut. Oder was auch immer. Ich…

„Wie so ungefähr? Wie geht das denn so ungefähr?" Gedankenunterbrecher.

„Ja…nichts Halbes und nichts Ganzes eben."

„Warum?"

„Ist doch egal." Ich will da jetzt nicht weiter drüber reden. Check das doch einfach.

„Wenn du das sagst." letzter Zug an der Kippe. Filterknutscher.

„Und was war dann?"

Jetzt bin ich raus. Hä?

„Wie, was war dann?"

„Ja, mit euch beiden. Oder willst du mir erzählen, die Geschichte ist schon vorbei?"

„Nein…" ich gucke wieder aus dem Fenster. Laubschatten auf den Vorhängen. Draußen ist es bestimmt saukalt. Irgendwann rieselt dieses Jahr hoffentlich der Schnee.

Schnee….*leise rieselt das Koks…*

* * *

Ich sitze auf dem durchgeäugelten Sofa von Jens und krame in meinem Rucksack. Ich weiß, irgendwo sind die Blättchen hingekommen. Ich weiß nur nicht wo. Ich arbeite mich durch die Sedimentschichten aus Skizzenblöcken, Stiften, LipGloss, Messer, Taschentücher etc.pp. Verdammt noch mal! Durch die Heavy Metal Beschallung höre ich die Türklingel. Jens und sein Kollege gucken sich an. Der Kollege geht. Ich wühle mich tapfer weiter. Entdeckung! Ich fummele ein OCB aus der Hülle und rolle routiniert eine Trichterform. Bor, die Musik kotzt voll.

„Jens, mach ma bitte andere Mukke. Das Gebammsel nervt."
keine Reaktion. Ich schütte das grüne Zeug meiner Begierde in
den Trichter. Ist der taub oder was? Ich schaue ihn an. Er starrt
fasziniert zur Tür. Irgendwas an seinem Blick stört mich. Ich
drehe mich um. Und dann fällt mir die halbgedrehte Tüte aus der
Hand. Das Gras bröselt auf den Teppich. Und das juckt mich
nich mal die Hälfte. Mein Kopf fährt gerade Rollschuh. Und
mein Herz macht ganz komische Sachen mit meinem Bauch. Da
steht der Kollege. Aber nicht der interessiert mich, sein
Anhängsel. Im Hintergrund. Und das Anhängsel des Anhängsels.
WAS für eine Formulierung, denke ich in meinem dichten
Schädel, während sich alle drei in die 15qm zwängen. Mein Kopf
folgt ihnen wie hypnotisiert als sie sich reihum auf das andere
Sofa quetschen. Kollege, Gabriel und das blonde Gift an seiner
Hand. An seiner muskulösen, wunderschönen Pianistenhand.
Jens   reißt   mich   aus   meiner   Erstarrung.   Die
Hintergrundbeschallung dämpft sich um stolze dreieinhalb
Dezibel. Das macht das Gedröhn in meinem Kopf auch nicht
besser.
„Na ihr beiden? Alles klar?" Jens reicht seine Hand erst dem
Gift, dann Gabriel. Beide schauen synchron zu mir. Lächelnder
Brechreiz in meinem Bauch. Auch das noch.
„Hi." Ich nuschele das in meine Locken. Dann fange ich an
meinen Shit vom Boden zu klauben. Die Achterbahn in meinem
Kopf ist unten angekommen. Ich werde gleich einfach meine
Tasche packen und gehen. Es ist mir egal, was da in mir abgeht.
Fakt ist, es gefällt mir nicht. Ich hab das Gefühl ich müsste
gleich heulen. Voll nich. Ich greife nach der zerknitterten Tüte.
Das Gespräch plätschert an meinen Ohren einfach vorbei.
Irgendwas über die letzte Zeit. Was man so macht und so. Ich
drehe wieder an meinem Joint. Ich schiebe die Brösel mit dem
kleinen Finger vom Tisch in die Vorgedrehte. Drücke nach.
„Und bei dir so? Was macht Schule und so?" ich gucke hoch.
Grüne Bergseen prallen auf meine Augen. Das Brennen geht bis
zu meinen Zehennägeln. Durch und durch. Ich fühle ihre Augen
und wie sie mich zerfetzen wollen. Will ich wissen was sie weiß?
Nein…brodelnde Eifersucht macht sich in meinem Bauch breit.

„Muss, ne...!?" ich gucke wieder weg. Ich kann das nicht. Und nicht mit ihm. Wir noch nie. Alltägliche Phrasen hatten in unserer Kommunikation nie Platz. Belangloser Müll. Floskeln. Nie. Und jetzt doch oder was? Weil sie da sitzt oder was? Oder die anderen? Irgendwie werd ich sauer. Ich fummele weiter an meiner Tüte herum, obwohl sie schon fertig ist. Warum werd ich so stinkig jetzt? Das ist doch vorbei...

„Bist ja nich so gesprächig heute..." wieder die Grünen.

Ich schaue ihn einfach nur an. Dann zünde ich meine Scheißegal Kippe an. Durch den Qualm verschwimmt sein Gesicht. Und in meinem Kopf die Gedanken. Immer mehr. Die vier quatschen weiter. Ich fange an meine Tasche zu packen. Und die ganze Zeit spüre ich seine Augen auf mir. Fragend. Ängstlich, anders. Und auch wieder nicht. Ich blinzele durch meine Haare. Er schaut mich an. Und lächelt. Mein Blick fällt auf seine Hand. In ihrer. Scheiße... Ich will nicht heulen. Nicht hier. Nicht jetzt. Ich stehe auf, greife meine Jacke.

„Haunse." alle gucken mich an. Vor allem Jens. Kacke, den hab ich ja ganz vergessen. Bitte, sag jetzt bloß nichts. Ich dreh mich schon zur Tür da kommt's dann doch noch.

„Ich dacht, du wollst noch...?"

„Ja, sorry, muss erst noch wohin. Später vielleicht." Raus hier. Ich knalle die Tür ein bisschen zu laut zu. Im Treppenhaus überrenne ich fast einen Opa.

„Na, Madel, brech dir net die Haxen wennst so rennst!"

Ich lächele ihn an und verschwinde aus der Tür. Mir kommt die Pisse wieder hoch. Draußen lehne ich mich kurz an die Hauswand. Nicht denken, befehle ich mir. Kühle Luft strömt in meine Lungen. Ein. Aus. Nicht denken. Nur atmen, immer wieder. Ein und Aus. Eine Träne kullert über meine Wange. Was soll der Scheiß? Warum verdammt, warum? Ich kann nicht...Die Tür klappt. Scheiße, denke ich. Ich wische mir über die Augen. Krame in meiner Tasche, drehe mich weg. Will gehen. Da legt sich eine Hand auf meine Schulter. Aus Reflex reiße ich den Arm hoch. Nur Gabriel.

„Warum?" diese eine Frage nur. Und dieser Blick dabei. Er weiß es. Drecksscheiße, er weiß es. Ich will das nicht. Ich will nicht, dass er es weiß. Er soll meinen Kopf in Ruhe lassen. Oder auch nicht. Ich weiß es nicht. Ich will jetzt gehen. Ich dreh mich wieder um. Er hält mich fest.

„Nicht so, Eva." er schaut mich an.

„Was nicht so?"

„Ich will nicht dass es aufhört."

„Tja….zu spät würd ich sagen." Ich will jetzt wirklich gehen. Sonst fang ich an zu heulen und kann nicht mehr aufhören damit.

„Nein, ich glaube nicht." Ich schaue ihn an. Und irgendwie ist da was. Ich kann das nicht erklären. Dafür bräuchte man ein ganzes Wörterbuch, obwohl das schon zuviel ist. Oder doch zuwenig…ich weiß es nicht. Aber ich musste es auch nie wissen. Es reicht einfach, dass es DA ist. Dieses Gefühl. Er legt seine Hand auf meine Haare, ganz vorsichtig. Ich weiß nicht was er denkt. Wahrscheinlich gar nichts. So wie ich. Wir beide. Ich schließe meine Augen.

„Morgen schon was vor?" das Grinsen ist unnachahmlich.

„Ja, zur Schule gehen…"

„Und danach?"

„Kein Plan. Schlag was vor."

Lächelndes Blitzen in den Augen. Das kleine Grübchen auf der rechten Wange leuchtet mich an.

„Dann bis morgen!"

Ein Stupser auf meine Nase und er ist weg.

acht

„Ja und?" Fabian kommt aus der Küche wieder. Eine neue Flasche Granini. In der anderen Hand eine halbvolle Flasche Wodka. Oh ja. Das braucht er jetzt wahrscheinlich auch. Fragend schwenkt er die Flasche über mein Glas. Ich nicke. Aber immer doch. Damit der Ganze Scheiß besser zu verdauen ist. Obwohl…was heißt besser? Eigentlich war es ja richtig. In unserer Welt.

Die nächste Kippe steckt schon zwischen meinen Lippen. Er prostet mir zu.

„Slainte…" ich nuschele an der Zigarette vorbei. Feuer. Ein Zug, zwei. Ein Qualmring.

„Ich hab dich was gefragt." ich gucke hoch. Ja, weiß ich… aber willst du die Antwort wirklich hören? Ich schaue auf den blauen Qualm vor meiner Nase. Will er das wirklich hören? Scheißegal. Jetzt hör ich nicht mehr auf mit dem erzählen. Zu spät.

„Wir haben miteinander geschlafen." minimale Pause. Und dann…

„War es schön?" ich starre ihn an. Wie kommt der denn jetzt da drauf? Ich bin zu perplex um zu lügen.

„Ja, war es."

* * *

Er beugt sich über meine Brust hin zu meinem Nachttisch. Kippe, Feuer, den Aschenbecher platziert er auf meinem Bauch. Ich quietsche.

„Das ist kalt!" er lacht mich an.

„Deswegen ja!" breites Grinsen, das Grübchen nimmt überdimensionale Größe an. Seine Augen leuchten mich an. Kerzenlicht steht ihm verdammt gut. Die schwarzen Haare glitzern. Fast so lang wie meine. Er legt den Kopf unter mein Schlüsselbein. Warmer Atem. Meine Hand auf seiner Schulter. Faszinierend. Meine Hand ist so dunkel. Seine Haut so weiß.

Irgendwann schrecke ich aus meiner Selbstvergessenheit. Er hebt den Kopf, drückt seine Kippe aus. Lächelt mich an. Wenn ich das malen könnte… . Er zieht mich in seine Arme. Ich versinke in seinem Geruch, in seinem Herzschlag. Zuhause.

„Komm, " sagt er. „Wir schlafen jetzt hier ein. Bis morgen früh." Ich brummele zustimmend. Und dann falle ich in ein weiches, schwarzes Loch. Geborgenheit.

So geht es weiter. Mal in einer Woche dreimal, mal zwei, drei Wochen nichts. Kein Anruf, kein über den Weg laufen. Ich ziehe mein Ding weiter durch. Schule, Freunde. Am Wochenende ein, zwei Feiern. Die neue, alte Clique. Ein neuer Freund. Freund? Beziehung? Naja…die wissen nichts. Gabriels Leute auch nicht. Vielleicht einer, David. Der kennt uns zu gut. Oder ihn. Keine Ahnung. Sagen tut er nichts – warum auch? Ist nicht sein Thema. Unsere Welt. Immer mal wieder. Wenn ich ihn brauche, ist er da. Meistens. Manchmal auch nicht. Aber oft genug. Und selbst wenn nicht, ich weiß, dass er an mich denkt. Jeden Tag. Ich weiß es. Ein halbes Jahr vergeht so. Ein Gespräch aus dieser Zeit bleibt in meinem Kopf hängen.

Wir gehen spazieren. Es wird dunkel draußen. Ich hab ihn angerufen, bin vorbei gekommen. Ich konnte nicht mehr. Depri, kein Bock auf nichts. Zuhause heulen und Geschrei um immer dasselbe. Meine Angststörung. Panikattacken. Die ersten. Meine Freunde die meiner Mutter nicht gefallen. Mein Bruder und sein bester Kollege, der mich geil findet. Ich ihn auch – aber mehr auch nicht. So ist das eben. Meine Schuldgefühle. Über alles. Mein Kopfficken.

Wir gehen am Hafen vorbei. Möwengeruch vermischt sich mit Kläranlage. Der Qualm aus den Fabriken beißt sich in den Himmel. Sieht aus wie ein Hintergrund von Frank Frazetta. Die geliebte Pianistenhand schlackert von meiner linken Schulter. Meine Hand hat sich in seinem Nietengürtel verhakt. Ich mag das.

An unserer Brücke bleiben wir stehen. Er schaut aufs Wasser unter uns. Drei Meter. Wir sind zusammen da runter gesprungen. Meine Hand in Seiner. Er lächelt mich an. Dann erzähl ich ihm alles. Alles was mich anpisst. Meine neuste Bettgeschichte. Kleinigkeiten aus meinem Leben. Meine Mutter. Er nimmt das alles auf. Wie ein Schwamm saugt er die Infos auf, nimmt sie einfach so aus meinem Kopf. Genauso wie die Gefühle. Meine Schmerzen. Absorbiert sie und lässt sie verschwinden. Er nimmt mich in den Arm, hält mich. Ich fühle den Wind auf meiner Wange. Seine Hände streicheln meinen Rücken. Er wiegt mich vor und zurück, ganz langsam. Alles weg aus meinem Kopf. Bis auf eine Sache. Wird er es verstehen? Kann er das?

Ich horche in mich hinein. Mein Unterbewusstsein schreit mich praktisch an. Ja, er kann. Du musst nur deinen Mund aufmachen. Ja dann…

„Glaubst du, ich bin ein schlechter Mensch?" eine Strähne hängt in seinem linken Auge. Ich wisch sie weg. Er schaut mich an. Er denkt nach, bevor er was sagt.

„Glaubst du es denn? Und wenn ja, warum?"

„Ja wegen der ganzen Scheiße die ich mache…Die Menschen die ich verletze. Denen ich das Herz breche. Meines Bruders Freund," ich grinse zynisch. „und so. Das alles. Das mit der Schule. Alles halt."

Ich kann das nicht erklären. Ich hab da keine Worte für. Es ist einfach das Gefühl. Als würde ich alles falsch machen. Aber das stimmt auch nicht ganz. Oder doch. Ich weiß es nicht. Aber er versteht es trotzdem, irgendwie.

„Nein." Vollste Überzeugung aus tiefstem Herzen erschlägt mich und meinen Zynismus. „Du bist kein schlechter Mensch."

„Und woher weißt du das?" ich gucke ihn hysterisch an.

„Das ist so. Ich weiß was da drinnen ist," er deutet auf meine Brust. „und da drinnen ist nichts, was schlecht ist. Nur traurig und verletzt manchmal. Oder wütend. Aber das bist du. Du bist einfach Eva. Schau doch mal in den Spiegel. Was siehst du da eigentlich? Guck dich mal anders an."

Wahrscheinlich hat er Recht. Aber das ist nicht so einfach.

„Ich weiß nicht, warum du nicht an dich glaubst. Glauben kannst." Er streckt die Hand nach meiner Wange aus. „Du kannst soviel und du weißt das auch. Aber sehen tust du das alles nicht. Aber ich glaub an was, ich glaub nämlich, dass du es irgendwann sehen wirst. Und weißt du was? Da glaub ich sogar für dich mit dran."

Ich lege den Kopf an seine Schulter und muss weinen. Einfach so. Mir rollen die Tränen über die Wangen. Versickern in seiner Jacke. Auf seiner Hand die mein Gesicht hält. Und er lässt mich. Einfach so. Mal wieder. Fragt nicht warum. Gibt mir einfach nur Zeit zum heulen. Trauern. Um soviel. Hält mich ganz fest. Schaut mich wieder an.

„Ich weiß nicht ob du es weißt," er lässt mich ein bisschen los. „aber ich denke jeden Tag an dich. Nicht unbedingt so aus Sehnsucht oder so. Ich denke einfach an dich. Das ist einfach drin in meinem Kopf. Du bist da. Du bist die Sonne und ich die Erde. Einfach so. Du bist nicht allein."

Irgendwann gehen wir zu ihm. Schauen noch einen Film. Schlafen miteinander, dann ruft seine Perle an. Ich fahre Taxi, er Bus. Durch die Scheiben schauen wir uns noch mal an. Zuhause schreibe ich einen Text.

* * *

Ich krame in meinem Rucksack. Suche mein Portemonnaie. Ziehe ein zerknittertes und eingerissenes DIN A4 Blatt hervor. Klappe es auf, überfliege den Text. Dann reiche ich es Fabian. Während er liest, sprechen seine Gesichtszüge Bände. Romane – eine ganze kleine Emotionswelt.

Deswegen

wenn mich jemand fragt warum
dann weiß ich keine antowort
ich schweige dann nur still und lauf davon
versteck in meinem herz
was nicht sein kann
was nicht darf
nie durfte – und doch ist.

frei von ideal und wert
moral und alltagsgrauer kommunikation
ganz einfach nur
so einfach wie ein bild von kinderhand gezeichnet
und doch
zu schwer um es zu fassen

eine kleine welt
hinter wänden aus ergrautem putz
und bröckelnden fassaden

ein kurzer moment
ein kleiner augenblick
der mich fühlen lässt
was nicht sein kann
was nicht darf
nie existieren durfte – und doch ist.

ein gegenüber meines spiegelbildes
der geist in unserem tun
in meinem sein
der glaube
der auf einer welt liegt
der mauerfall eines charakters
die ganze straße eines lebens
in seinen händen aufgefangen

in einem traum
hinter seifenblasen aus synapsen
und versteckt in kisten aus erinnerung
ein bild, ein brief
ein ganzes buch
das mich sehen lässt
was nicht sein kann
was nicht darf
nie durfte – und doch ist.

eine kleine welt
in der das urteil keine rolle spielt
falsch, richtig
gut und böse, gelogen oder wahr
leere worte ohne klang
vergessen in der echtheit
ohne morgen oder gestern
ein ganzes leben ohne zeit
nur das sein als solches

eine ehrliche umarmung

ein echtes kleines wort
ein richtiges gefühl
ohne berührung
aufgefüllt mit schweigen
so wie er und ich
nur der ton in einem blick
der nicht sein kann
der nicht darf
nie durfte – und doch ist.

dieses stück traum
im mauerwerk der heuchelei
so frei und eingesperrt zugleich
aufgebrachte ruhe neben stiller wut
euphorischer moment
inmitten melancholischer berührung
ein hauch von wahrhaftigkeit
in dieser welt
und ein ganzer sturm aus richtigkeit

wenn mich jemand fragt warum
dann weiß ich keine antwort
ich schweige dann nur still und geh'
flücht mich in die welt der bilder
der briefe, worte
die nicht sein kann
die nicht darf

nur in unseren köpfen.

Fabian legt das Blatt auf den Tisch. Ganz vorsichtig. Dann schweigt er ziemlich lange vor sich hin. Ich weiß nicht was er denkt. Aber irgendwie will ich es wissen. Ich schütte mir noch einen Wodka-O ein. Nippe ein bisschen daran. Schaue aus dem Fenster. Straßenlaternenbeleuchtung. Der Glastisch vor mir hat kleine Flecken. Fingerabdrücke an einer Ecke. Ich und mein

Schlagzeugersyndrom. Ich wische mit dem Ärmel darüber. Wird nicht besser. Dann schaue ich ihn wieder an. Die blauen sehen anders aus, irgendwie. Ich kann nicht mehr an mich halten.

„Was denkst du?" er schaut mich an.

„Ich weiß nicht." er guckt immer noch. „Keine Ahnung. Das ist hammer! Also richtig gut. Aber irgendwie traurig, manchmal. Und auch wieder nicht richtig. Das seid ihr. Erklärt, meine ich. Auf eine Art und Weise." Er schaut mich hilflos an. Wedelt mit den Händen herum. Dann steht er auf und geht aufs Klo. Ich sitze da und denke über seine Worte nach. Es stimmt. Das sind wir. Oder vielmehr, das ist unsere Welt. Das zwischen uns. So denke ich. Glaube ich. Nein, sagt mein Bauch. Du weißt es. Es ist einfach so wie es da steht. Fertig. Obwohl…noch nicht ganz. Einmal war ich bei denen im Proberaum. Seine Perle war auch da. Er hat Schlagzeug gespielt. Und dieses Gesicht. Dieser Ausdruck. Dieser Ton in seinem Blick. Ich hab Millionen Mal versucht das zu malen. Geht nicht. Und wenn – dann wäre das die Erklärung. Die Klospülung reißt mich aus meinen Gedanken. Ich schaue Fabian an, wie er sich setzt. Ich kann ihn immer noch denken hören. Er steckt sich eine Kippe an. Nimmt einen Schluck Wodka. Pur. Dann schaut er mich an.

„Hat er es gelesen?"

„Ja hat er…er hat gesagt, dass sind wir. Nur das es nicht darf, das stimmt nicht. Sagt er." Meine Augen laufen über. Warum?

„Darf ich mich neben dich setzten?" wie niedlich. Irgendwie kommen mir bei solchen Fragen immer Tränen hoch. Warum? Weil ich denke, jemand legt wert auf meine Meinung. Oder vielmehr auf mich. Meine Zustimmung. Mein Wille ist wichtig. ICH bin wichtig. Das was mich ausmacht. Ich bin etwas wert.

„Klar…" ich schniefe. Er setzt sich neben mich. Nimmt vorsichtig meine Hand in seine. Schließt die andere darum. Streichelt mit dem Daumen über meinen Zeigefinger. Vor und Zurück. Immer wieder. Wir sitzen ganz lange schweigend da. Stille betäubt. Irgendwann fühlt es sich an wie in Watte eingepackt. Der Laubschatten ist gewandert. Ich rauche die letzte aus meiner Schachtel. Beim dritten Zug prallen glasklare blaue Augen auf mein Gesicht.

„Das ist jetzt voll der Themawechsel, aber habt ihr mal darüber gesprochen? Also, wenn ihr miteinander geschlafen habt so. Wegen seiner Freundin oder wenn du jemanden hattest?" ich gucke ihn an. Gute Frage, finde ich.

„Nein. Es war nie wichtig…irgendwie. Es war einfach so."

„Weil es richtig war…" er beendet meinen Gedanken. Synapse!

„Verrückt. Ich weiß nicht, aber irgendwie…" er schaut mich an.

„Was?"

„Irgendwie ist das okay. Also, es ist nicht schlimm. Ich weiß nicht…"

Ich schaue ihn an. Verstehe ihn. Dann schieben sich meine Schaltkreise wieder zurück.

„Ich auch nicht." ich schaue auf seine Hände, die meine halten.

„Aber es ist jetzt auch egal. Es ist vorbei."

„Wie ist es kaputt gegangen?"

„Ja, hast du doch gesehen…" ich gucke ihn an. Ist der bescheuert, er war doch dabei?

„Nein, ich meine vorher…"

Achso… Unser letztes Jahr.

neun

Ich sitz in meinem Zimmer. Lausche über Kopfhörer dem epischen Ohrenschmaus Bachs. Die Orgel die in meinen Ohren in D-Minor schmettert. Kracht. Ein musikalischer Orgasmus in meinen Ohren. Damit ich den Lärm von unten nicht höre. Nicht hören muss. Diese Gespräche. Über Banalitäten, über die letzten Skandale der verwichsten Verwandtschaft. Meiner inklusive. Oder noch nicht ganz. Der einzige der von meinem Vorhaben weiß, ist ja nur meine Mutter. Und die ist ja nicht da. Oder sie behält es für sich. Es wäre das erste Mal. Dieses sich ergötzen am Leid anderer. Dieser Zwist zwischen zwei Parteien. Die Geldgier, der verfickte Neid. Giftgrün. So wie gewachste Äpfel. Oder wie Augen…Gabriels Augen. Nicht daran denken. Ich wechsele die Musik. Onkelz. Ein Text. Aneinandergereihte Worte. Die mein momentanes Gefühl so sehr widerspiegeln,

70

dass mir die Pisse wieder mal aus den Augen läuft. So wie immer. Wenn ich doch an mein Leben denke. Mein Ex Freund, mein letzter. Mein Ein und Alles. So lange waren wir zusammen. Fast zwei Jahre. Und ich hab echt geglaubt es könnte doch klappen. Aber es hat wieder nicht geklappt. Ich weiß nichtmal genau warum. Ich kann das noch nicht analysieren. Einfach nur kaputt. Es hat nicht sein sollen. Aber trotzdem…ihn wollte ich. Wirklich, richtig. Unendlich. Der Vater meiner Kinder. In meinem Kopf. Traumwelt in 08/15. Scheiß Leben. Ich bin zu anders. Ist doch schon so lange vorbei, das Ganze. Und an die Maske, die ich jeden Tag aufsetze. Aufsetzten muss. Weil ich sonst verrecke. An den Gedanken. An den ungesagten Worten…über mich. Über Gabriel. Vielleicht über uns. Ich schieb es weg. Setze das Lächeln auf. Für meine Umwelt. Meine Lehrer, meine Eltern. Sogar meine Freunde. Von denen ich auch nicht mehr so viele hab. Ein paar. Eigentlich nur zwei. Der Dritte…mein Engel. Mein Gabriel. Meine Augen laufen über. So geht das nicht. Aber ich kann nicht aufhören daran zu denken. An ihn. An das Wissen. Er liebt mich. Er hört mir zu. Er vergibt mir. Er ist da, wenn ich ihn brauche. Mein Fixpunkt, meine scheiß blöde Rettungsboje. Und das ist alles was zählt. Oder nicht? "Denn gerade weil du anders bist." Dieser Satz dröhnt in meinem Kopf. Wieder und wieder. Und die Tränen laufen einfach weiter. Egal was ich mache, egal was ich tue. Er IST da. In meinem Kopf. Immer noch. Selbst die letzten zwei Jahre. Der Streit mit meinem Ex über ihn. Wegen Ihm. Und er ist trotzdem noch da. Jeden Tag ein bisschen mehr. Und ich weiß, dass ich in seinem bin. Aber es ist anders geworden. Irgendwie. Er drogt zuviel rum. Zuviel Alkohol, zuviel Koks. Zuviel Gott weiß was. Er hat seine Droge gefunden. Und er ist auch nicht mehr oft da. Mit ganz viel Glück hatte ich ihn heute am Telefon. In einer Stunde fahr ich los. So lange noch. Ich kann nicht mehr.

Warten ist Kopfficken bei mir. Ich ziehe mich an, geh runter. Schiebe den Kopf ins Wohnzimmer. Gesammelte, verwichste Verwandtschaft.

„Ich bin dann weg." Alle gucken mich an. Meine Oma guckt vorwurfsvoll. Meine Tanten auch. Mein Onkel zwinkert mir zu.

Wenigstens einer nicht. Mein dummes Aas von Bruder glubscht mich an.

„Viel Spass bei deinen Alkies!" ich knalle die Tür lauter zu als sonst. Fick dich.

Halbe Stunde später. Ich hocke im Treppenhaus vor der Tür. Er ist nicht da. Noch nicht. Hab ihn angerufen, er ist sogar dran gegangen. Ein Wunder. Halbe Stunde noch. Ich zünde mir die nächste Kippe an. Da geht unten die Tür. Hä? Schwere Schritte tappen die Treppe hoch. Höher, höher. Dunkle Locken schieben sich in mein Blickfeld. Braune Augen. Der Alex! Muss ich nicht mehr hier draußen hocken und frieren. Er schaut mich an, realisiert mich.

„Hi." Ich stehe auf. Er guckt mich immer noch an.

„Tach." Er wartet auf eine Erklärung. Er ist so. Er ist anders als die da draußen. Irgendwie.

„Kann ich mit rein? Gabriel kommt erst inner halben Stunde oder was." Ich nehme meine Tasche hoch.

„Klar." Er schiebt sich an mir vorbei. Ein Riesenkerl. Hände wie Pranken. Doppelt so breit wie ich. Unglaublich toll. Aber darum geht's jetzt nicht. Ich gehe hinter ihm her in die Wohnung. Wohnung? Übertrieben. Dach überm Kopf. Und warm. Das reicht. Ich setzte mich ins Wohnzimmer. Ziehe meine Jacke aus. Alex kommt aus seinem Zimmer, macht Musik. Fanatiker. Ein bisschen wie ich.

„Bier?"

„Nee, danke." Ich lächle. „Haste auch was anderes vielleicht?" Er schaut mich komisch an. Ich weiß nicht. Den kann man nicht erklären, den Blick. Überhaupt, den ganzen Menschen nicht.

„Cola."

„Cool. Dankeschön." Noch mal das Colgate Grinsen. Er lächelt nicht zurück. Ich sags ja...anders als die da draußen. Ich schweige herum. Er rennt herum. Oder steht. Er ist kein sitzen Typ. Ich schaue mir das Zimmer an. Warte. Trinke Cola. Rauche. Musik. Leben halt. Warten.

Die Tür geht. Immerhin, denke ich. Vierzig Minuten. Reife Leistung. Ich stehe auf, nehm meine Tasche. Schau auf Alex zurück.

„Ich geh dann mal." Er guckt nur. Winkt. Grinst. Vielleicht doch nicht so anders.

In Gabriels Zimmer sieht es aus wie Sau. Er fummelt an der Anlage herum.

„Hey!" er dreht sich um, schaut mich an.

„Du bist ja schon da. Hat der Alex dich reingelassen?"

„Jap." Ich setze mich auf sein Bett. Schaue ihm beim auspacken seiner Klamotten zu. Er hat eine halbvolle Bierflasche in der Hand. Die wievielte wohl heute schon? Egal. Ich lasse meine Kippe in eine leere Flasche fallen. Schüttele sie. Er setzt sich neben mich. Bierdunst, Arbeitergeruch. Und sein Geruch. Eine Welle aus einer anderen Zeit. Fast wie früher. Wir schweigen uns an. Ich genieße das da sein. Bei ihm, mit ihm. Wir hören Musik. Irgendwelche Kassetten von David. Ein schöner Liedtext. Über jemanden, der wieder Kind sein will. Wunderschön. Ich liege mit dem Kopf auf seinem Schoß. Die dritte Flasche Bier. Ich weiß nicht wer anfängt, er oder ich. Belanglos. Egal. Es ist richtig. Unglaublich.

Die Tür geht auf, mit einem Ruck. Ich vergrabe meinen Kopf in seinem Bauch. Verdammt!

Alex Stimme flüstert den Namen des blonden Giftes. Ein Ruckeln, mein Kopf rutscht hoch. Gabriel nimmt das Handy, ich fange einen Blick von Alex auf. Irgendwie ausdruckslos. Das Gespräch rauscht an mir vorbei. Gabriel legt den Hörer weg. Nimmt mich in den Arm.

„Ich glaub, ich muss jetzt schlafen…langer Tag gewesen." Er steht auf. Ich schaue ihn an. Was ist denn jetzt los? Hab ich irgendwas falsch gemacht? Ich verstehe gar nichts mehr. In meinem Kopf brennt es. Und in meinem Bauch ist alles irgendwie leer. Ich will nicht dass es aufhört.

„Soll ich gehen?" ich werde zickig.

„Nein." Er schaut mich an. Angetrunken. „Bleibst du bis ich eingeschlafen bin?"

Ich nicke wortlos. Was soll das? Irgendwas ist falsch. Anders. Er legt sich hin, wickelt die Decke um sich. Ich kann nicht an mich halten.

„Was ist los? Was ist jetzt?"

„Ja was soll sein?" er schaut mich an. Verwaschenes Grün. „Der Alex labert nich…ich red mit dem."

„Das mein ich doch gar nicht." Ich will ihn berühren, trau mich aber nicht. Dann schweige ich. Und dann platzt es doch aus mir heraus. Irgendwie.

„Darf ich dich nicht behalten?" jetzt ist er wach. Setzt sich hin. Schaut mich an. Etwas zu lange. Dann holt er ganz tief Luft. Einmal, zweimal.

„Du," sagt er. Ganz komisch sagt er das. „du hast mich doch schon. Aber anders. Ich glaube nicht, dass wir Mann und Frau sein können."

Wir schauen uns an. Sehr, sehr lange. Ich blinzele nicht, damit die Tränen nicht fallen. Er auch nicht. Wir schwimmen zusammen raus. In die Augen des anderen. Wenn es das gibt, in den Kopf, in das Herz. In die Seele des anderen. Ich kann nicht sagen, was ich alles sehe. Ich werd es nie sagen können.

Er legt sich dann wieder hin. Ich lege mich daneben. Bis er einschläft streichele ich seine Wange. Sein Gesicht. Jeden einzelnen geliebten Knochen. Jeden Quadratzentimeter Haut. Ich kann ihn mit geschlossenen Augen malen. Ich höre auf. Dann weine ich. Ganz still und leise. Weil er recht hat. Es stimmt. Aber ich will nicht, dass es stimmt. Es bringt mich um. Irgendwann stehe ich auf, blase die Kerze aus. Gehe aus dem Zimmer, will aus der Wohnung gehen. Ich sehe noch Licht im Wohnzimmer. Ich weiß nicht warum, ich gehe einfach rein. Alex guckt mich an. Er zappt durchs Fernsehen. Nachtprogramm für all die Vergessenen. Ich. Er. Alle. Ich setze mich, rauche. Wir machen ein bisschen Smalltalk. Kein Wort über das was passiert ist. Warum auch? Es ist ja alles gesagt.

Um vier Uhr nachts fahre ich nach Hause. Lege mich in mein Bett. Und weine bis die Sonne in mein Zimmer scheint.

* * *

„Ich glaube, das war der Anfang vom Ende." Draußen wird es langsam hell. Der Himmel wird Blaugrau. Zinn hat diese Farbe. Der Mond verblasst immer mehr. Ich schaue weiter auf die Hände vor mir. Und sehe doch nichts. Oder nur ein bisschen.

74

„Hast du Hunger?" Fabians Magen fordert seinen Tribut. Meiner nicht so richtig. Zuviel geraucht wahrscheinlich. Aber der Wodka blubbert noch angenehm in meinem Bauch.

„Nicht so richtig…"

„Ich mach was. Such dir n Film aus. Dauert nicht lange."

Dauert es wirklich nicht. Wir sitzen einträchtig Tiefkühlpizza futternd auf dem Sofa und gucken Herr der Ringe. Den dritten Teil. Er zündet eine Kippe an, reicht sie mir. Pickt den letzten Krümel vom Teller. Stellt ihn weg. Ich kuschel mich an ihn. Ich weiß nicht. Irgendwie geht's mir jetzt besser. Alles mal raus. All das ungesagte. All das was eigentlich nie da war. Jetzt ist es da. Ich muss gähnen. Ich bin müde. Und wundere mich darüber. Komisch. Seine Hand liegt auf meiner Schulter. Streichelt auf und ab. Einschläfernd. Bei der großen Schlacht um Minas Tirith schlafe ich ein.

zehn

Ein leises Surren weckt mich. Muffelnd schaue ich unter meiner Decke hervor. Decke? Hä? Mein Kopf liegt auf Fabians Bein. Ich hab Nackenschmerzen. Ich bin noch nicht wach. Das Surren geht weiter. Irgendwann schaltet mein Gehirn auf stand by modus um. Handy! In. Meiner. Tasche. Vibrationsalarm. Ich greife in Richtung Boden. Tasche. Wühle herum. Langsam kommen meine Schaltkreise zurück in den wachen Zustand. Es brummt an meinem Zeigefinger. Ich grabsche danach, klappe automatisch das mobile Kommunikationsgerät auf. Stöpsel es an mein rechtes Ohr.

„Ja?" ein langes Gähnen. Sauerstoffmangel.

„Wo bist du?"

„Wer isn da?" ich bin noch nicht da.

„Dein Bruder." Was will der denn? „Mama geht voll ab hier. Warum gehst du nicht an dein Scheißhandy dran? Was solln das? Biste wieder auf deinem Rebellentrip gelandet oder hockst du bei deinen Alkies herum? Haben…"

Ich werde nie wissen was er noch sagen wollte. Denn mit einem neutralen Piepton verabschiedet sich mein Telefon. Akku leer. Na toll. Ich versuche mich aufzurichten. Scheiße. Das zieht im Rücken. Eine Hand stützt mich ab. Oh. Fabian ist auch wieder bei den Lebenden. Er gähnt. Dann schauen wir uns an.

„Brauchst n Telefon?" ich kann seine Mandeln ein weiteres Mal bewundern. Als er mich die wässrigen Blauen anschauen bringe ich ein Nicken zustande. Wär schon cool so. Hab ich zwar voll kein Bock drauf, aber bevor die noch auf dumme Ideen kommen. Er steht auf. Ich lasse meinen Körper wieder unter der Decke verschwinden. Weiterschlafen. Einkuscheln. Ich will wieder ins Traumland.

„Hier." Er wedelt mit seinem Nokia in meinem Gesichtsfeld herum. Ich greife danach. Als ich die Nummer eintippe fällt mein Blick auf die Uhrzeitangabe. Ja herzlichen Glückwunsch, denke ich mir. Halb elf Uhr morgens. Eigentlich ein Wunder, dass meine Ma schon aufnahmefähig ist. Es tutet ganze zweimal.

„Ja bitte?" warum brüllt die immer so ins Telefon?

„Hi Mama…" ich recke mich. Dann ersticke ich jede Predigt im Keim. „Du, ich kann nicht lange, ist nicht mein Handy. Bei meinem ist der Akku leer. Ich hatte das auf leise, hab ich nicht gehört. Ich bin bei Fabian." Kurzes Luftholen am anderen Ende.

„Wer ist Fabian?" er guckt mich belustigt an. Ich weiß nicht was ich sagen soll. Das ist irgendwie…er greift nach dem Hörer, grinst sich einen weg dabei. Ich gucke ihn an. Aber ich bin noch zu unwach um was anderes zu tun, als ihn anzustarren.

„Bist du noch dran? Hallo?"

„Jaja…klar bin ich noch dran. Fabian ist n Freund von mir. Ich hab doch gestern Bescheid gesagt." Wie sinnlos das ist.

„Ja, aber nicht dass du die ganze Nacht weg bleibst."

„Tut mir leid. Ich komm nachher nach Hause."

„Ja, okay, tschüss dann." Angepisst. Aber total.

„Haunse."

Ich drücke auf den roten Knopf. Lasse den Kopf aufs Sofa plumpsen. Die Frage nach Kaffee beantworte ich mit einem zustimmenden Brummeln. Dann döse ich noch mal weg bis jemand mein Gesicht streichelt.

„Guten Morgen Prinzessin." Ein Butangasflammenfarbenes Lächeln strahlt mich an. Irgendwie gefällt mir das. Ich bin ja der Morgenmuffel. Normalerweise. Vor allem, wenn man mich um diese Uhrzeit aus dem Bett schreit. Aber jetzt im Moment, wenn ich hier eingekuschelt liege und dieses Grinsen vor mir hab nicht. Ein bisschen geht's mir dabei gut. Ich weiß auch nicht. Ich richte mich auf, greife nach der Tasse. Oh…Caramel Cappucino. Wie geil ist das denn. Er setzt sich neben mich, legt seinen Arm um meinen Rücken. Ich brummele wieder vor mich hin. Er guckt amüsiert.

„Was denn?" fragt er.

„Ach…mh…irgendwie…bs…" ich smile ihn an. Und über das geht unsere Kommunikation auch nicht hinaus. Wir sitzen da, trinken heißen Cappucino und gucken einträchtig nach draußen. Der Himmel ist blau. Richtig hellblau. Fast wie seine Augen. Ein bisschen. Dann schmeißt er irgendwann einen Film ein. Ich krieg das alles noch nicht so ganz mit. Ich bin einfach nur da.

Als er duschen geht, wird mir das richtig bewusst. Ich bin einfach nur da. Ich denke nicht viel nach. Ich sitze einfach da, gucke einen Film und das reicht vollkommen. Ich schüttele den Kopf. Stelle die Tasse auf den Tisch. Zünde mir eine Zigarette an. Ziehe meine Beine wieder unter die Decke. Immer noch Satin. Woran liegt das? Was ist los mit mir? Nur, weil ich mal die Schnauze aufgemacht hab? Ich gucke auf meine Hände. Drehe und wende sie. Ich weiß es nicht. Vielleicht. Auf eine Art und Weise ist es mir auch irgendwie egal. Ich meine, es ist nicht weg. Nein. Aber es ist nicht so schlimm. Nicht mehr so doll. Ich glaube…Fabian sitzt neben mir. Auf einmal. Ich gucke ihn an. Er riecht nach AXE und Shampoo. Riecht irgendwie gut.

„Was denkst du wieder nach?" er lächelt. Ich auch. Man muss die Rädchen bei mir qualmen sehen.

„Es tut nicht mehr so weh," sage ich und gucke auf meine Hände. „also, ich meine, es ist nicht weg. Es ist noch da. Aber irgendwie nicht mehr so schlimm."

Er schaut mich an. Dann drückt er mich.

„Ist doch gut." Nuschelt er in meine Haare.

„Ja…" ich pack das noch nicht so ganz. Das ist alles ein bisschen zu verrückt. Sogar für mich.

Ich gehe auch duschen. Dann bringt er mich nach Hause. Und bleibt. Meine Eltern sind wie immer nett und freundlich. Mein Bruder schaut skeptisch. Wie immer. Wir verkrümeln uns in mein Zimmer. Mit Schokoladenkeksen und Salzstangen. Wir sitzen auf dem Bett, hören alte Pink Floyd Alben und reden nicht viel. Ich hör ein bisschen mehr über ihn. Über sein Leben, seine Familie. Auch ein kleines Chaos. Aber nichts Schlimmes. Seine Arbeit. Die Idee mit der Band. Da grinst er mich an. Wir debattieren kurz über mich als Sängerin. Nee, nicht wirklich. Dann nur Songwriter. Oder Managerin. Wir müssen lachen. Dann kommt wieder der Themawechsel. Von ihm.

„Sag mal," er stopft sich den letzten Keks in den Mund. „das wars doch aber noch nicht, oder?"

Ich höre mit dem Grinsen auf. Da hat er Recht. Mal wieder. Das war es noch nicht. Mein Kopf liegt auf seinem Schoß und er zwirbelt meine Haare zu Dreads. Aber ich merk das gar nicht.

Ich bin wieder woanders. Ich bin wieder im letzten Jahr angekommen.

* * *

[unser letztes Jahr]

Ich sitze im Auto. Meine Langzeitaffäre fährt mich durch die Gegend. Wir hören Meat Loaf. Ich schreie den Text praktisch mit. Gehe in der Musik auf. Ein bisschen. Seine Hand liegt auf meinem Bein. Fährt mechanisch daran auf und ab. Ich lasse ihn. Warum auch nicht? Manchmal tut es ja gut. Zu wissen, da ist jemand der mich lieb hat. Und den ich haben kann wenn ich es will. Das ist auch so eine bekloppte Sache an mir. Wenn es darum ging, also, jemanden zu bekommen, dann hab ich immer gekriegt was ich wollte. Ich konnte immer schon in einen Raum voller Leute gehen und meist war es so, dass ich mir wirklich einen aussuchen konnte. Zum ficken. Oder was in der Richtung. Viele sind total fasziniert von mir. Irgendetwas an mir muss einen absoluten Reiz haben. Ich find das verrückt. Vor allem, meistens lässt diese Faszination ziemlich schnell wieder nach. Bei vielen. Wenn sie merken, dass ich krank bin. Oder wieder mal zu weit. Vom denken her. Oder keine Ahnung.

Die CD ist zuende. Jetzt läuft Radio. Ich will gerade nach einer anderen Musikrichtung wühlen, da vibriert es an meinem Fuß. Mein Handy! Ich schaue auf mein Display. Unbekannter Teilnehmer. Hä? Meine Langezeitaffäre dreht die Lautstärke runter. Ich klappe mein Telefon auf.

„Hallo?"

„Eva?"

„Ja?"

„Hi, hier ist der Sebastian, ich bin n Kumpel von Gabriel. Ich sollte dich anrufen und fragen wo du bist. Und ob du...." Rauschen, Stimmen aus dem Off. Meine Alarmantenne vibriert. Gabriel? Hä? Wochenlanges Schweigen. Kein Besuch als ich in der Klinik war. Der letzte Anblick waren er und ich in seinem Bad. Er kotzend, ich seine Haare haltend. Zuviel Abschied gefeiert irgendwie. Das alles ballert durch meinen Kopf, während die Stimme weiterredet. „...ob du hierhin kommen kannst. Wir sind bei David und seiner Freundin."

„Was ist denn los?" ich frage das mechanisch während ich meiner Langzeitaffäre schon mit den Händen signalisiere umzudrehen. Zu wenden.

„Ja, pass auf, komm einfach her, ok? Ist dringend..." Ich höre wieder Stimmengewirr. Dann plötzlich Davids Stimme in meinem Ohr.

„Maus, komm einfach bitte. Ihm geht's echt nicht gut. Hier ist voll Theater. Ich erklär dir das gleich alles. Der will unbedingt, dass du kommst. Bitte."

„Ich bin in zwanzig Minuten da." Ich klappe das Handy zu, schaue den Jungen neben mir an und sehe ihn gar nicht. Dann realisiere ich seinen Blick. Sehr, sehr traurig. Und irgendwie wissend. Ich denke da jetzt nicht drüber nach. In meinem Kopf überschlagen sich sowieso schon alle möglichen Horrorszenarien. Keine Schuldgefühle jetzt. Wir fahren schweigend. Und er fährt schnell. Das tut er sonst nie. Aber für mich würde er alles tun. Ich weiß das. Aber ich kann mich irgendwie nicht freuen. Weil ich weiß, ich würde es für ihn nicht tun. Es gibt nur einen für den ich es tun würde. Einen. Der sagen muss spring und ich frage nur wie hoch. So wie jetzt gerade. Wie immer. Ach Scheiße…Vor dem Haus gebe ich ihm noch einen Kuss.

„Soll ich mit rein?" er schnallt sich schon ab. Bloß das nicht! Um Gottes Willen! Die Kombination will ich mir nichtmal vorstellen!

„Geht schon…Dankeschön, bist ein Schatz." Ich steige aus.

„Ich hab dich lieb." Er schaut mich an. In mir zerspringt etwas. Vorbei. Wieder einmal umsonst.

„Ich weiß." Dann mache ich die Tür zu. Er fährt erst, als ich schon drinnen bin. Verdammt. Meine Gedanken sind jetzt überflüssig. Ich renne fast die Treppe hoch. Davids Perle steht in der Tür, schaut mich an. Aus der Müllhalde von Wohnung kommt Stimmengewirr. Ich höre eine Stimme raus. Obwohl, Stimme? Eher Gegröhle. Voll besoffenes Gegröhle. Ich drücke mich an ihr vorbei. Atme ihren Geruch ein. Ekelerregend. Im Schlafzimmer ist Überfüllung. Ich realisiere vier Jungs plus meinen Engel. Der hockt auf dem Boden. David hinter ihm, daneben einer den ich nicht kenne. Irgendwie halten sie ihn fest. Warum? Die Jungs realisieren mich. David schaut mich an. Aber ich hänge an den grünen Augen fest. Sie sind nicht grün. Sie sind schwarz. Riesenpupille. Und das Weiße ist knallrot. WAS hat der genommen? Schießt durch meinen Kopf während ich schon meine Tasche wegwerfe und mich hinhocke. Gott, hab ich Angst. Gabriel labert vor sich hin. Ohne Sinn und Zusammenhang. Alles ganz durcheinander. Ich halte sein Gesicht. Sage seinen Namen. Er reagiert nicht wirklich. Ich schreie ihn an. Da guckt er hoch.

„Eva….dubisaaa….wir sind hieer…feiaaan…" er will aufstehen. Torkeln. Kippt auf mich, begräbt mich unter sich. Er stinkt. Nach Chemie und Bier und ich weiß nicht nach was noch. David zieht ihn von mir, er liegt da. Lässt meine Hand nicht los. Ich kapier gar nichts mehr. Er brabbelt weiter. Zwischendurch wird er lauter. Leiser. David will eine Erklärung anfangen, ich schüttele den Kopf. Später. Die Jungs ziehen Leine. Ich nicht. Ich bleibe sitzen. Halte die Hand. Irgendwann lege ich seinen Kopf auf meinen Schoß und fahre durch die Haare. Immer wieder. David bleibt noch zwanzig Minuten, dann geht er auch raus. Meine Beine schlafen ein. Aber ich bleibe einfach sitzen. Und höre mir Gabriels zusammenhangloses Gerede, Gegröhle an. Zwischendurch liegt er einfach nur da. Dann zittert er los, hat Angst. Will aufstehen. Ich bleibe einfach sitzen und halte ihn fest. Und höre zu. Ich kenne das. Das ist Gabriel auf zuviel Chemie mit Bier gemischt. Ich hasse das. Ich hab Chemos immer gehasst. Ich hab Angst davor. Wenn die was sehen was eigentlich gar nicht da ist. Wenn die Panik kriegen, nicht mehr sie selbst sind. Nichts mehr checken. Auf dumme Ideen kommen. Beim letzten Mal wär er fast vors Auto gelaufen. Jetzt liegt er hier und erzählt mir komische Sachen über Alex. Hä? Dann brabbelt er los über uns. Über mich. Dass er mich liebt. David. Voll durch. Ich will wegrennen. Ich will hier raus, ich will das nicht sehen. Das ist nicht er, denke ich. Ich will nach Hause, ich hab Angst. Aber ich bleibe einfach sitzen. Zwei Stunden lang sitze ich da und höre ihm zu. Schalte meinen Kopf ab. Denke mich weg von hier. Schiebe alles beiseite. Bin nur da. Bei ihm. Dann siegt der Alk über die Chemie und er kotzt vor mir auf den Boden. Scheiße. Ich rufe nach David. Er holt wortlos Eimer, Handtuch und Wischlappen. Nochmal. Dann wird er ruhig. Liegt nur noch da. Die Augen fallen ihm zu. David hievt ihn aufs Bett. Stabile Seitenlage schießt es durch meinen Kopf. Dann versuche ich aufzustehen, aber meine Beine verweigern ihren Dienst. Alles kribbelt. Ich knie mich hin. Gehe in die Hocke, stehe ganz langsam auf. Geht doch.

Im Wohnzimmer sitzt Davids Freundin und hält mir eine Kippenschachtel hin. Ich setze mich dazu, rauche. David kommt. Lässt sich auf den Sessel fallen und schaut mich hilflos an. Ich komme wieder in die Wirklichkeit zurück. Meine Hände zittern. Und meine Wahrnehmungsstörungen fangen an. Ich krieg keine Luft mehr. Hyperventiliere. Die zwei holen mir Wasser, halten meine Hand, texten mich zu. Sie kennen das. Sie kennen mich. Die Panikattacke verebbt langsam. Ich hole ganz tief Luft. Einmal. Gut. Zweimal, besser. Ich bin wieder online. Ich schaue David an.

„Warum?" mehr krieg ich noch nicht raus. Der Knoten in meinem Bauch ist noch im Weg.

elf

Eine verworrene Geschichte. Ziemlich viel passiert die letzten Wochen. Da war wohl was mit Alex. Und Schulden. Und ganz viel Scheißgelaber bei den Leuten. Auch über mich. De facto also über uns. Das wir. Das ja nicht da ist. Wo aber n paar meinen, es wäre da. Irgendwo. Ich weiß es besser. Da war ja seit Wochen nichts mehr. Seit dem Abend. Aber ich sag nichts. Ich antworte nicht auf Davids unausgesprochene Fragen. Warum auch? Ist doch eh Latte. Dann Scheiße bei seinen Eltern. Irgendwas mit Drogen und Polizei. Muss wohl in der Ausnüchterungszelle Guten Abend gesagt haben. Hat dann den Stress mit Alex gehabt. Kommt nicht mehr zuhause rein. Und beim letzten Besäufnis hat er wohl die Wohnung auseinander genommen und seine Perle auch. Verdammter Müll. Und er redet ja nicht mehr. Er frisst ja nur noch alles. Nicht mit David. Alex...Perle? Fehlanzeige. Und dann hab ich ihm ja die Predigt gehalten. Dass er nicht da ist und so. Und mit den Drogen und alles. Ja...und heute war es dann mal wieder soweit. Wir schweigen uns an.
Ich sitze da und lasse alles auf mich wirken. Warum hat er keinen Ton gesagt? Warum ist er nicht zu mir gekommen? Er weiß doch, dass ich da bin...warum nicht? Es tut weh. Einfach nur weh. Dieses Warum. Meine Hilflosigkeit, mein nicht für ihn da sein können. Was ist los mit ihm? Die Entfernung zwischen uns. Die kilometertiefe Schlucht. Dieser Abgrund. Was hab ich falsch gemacht? Was? Warum passiert das? Dann kommt meine Wut auf ihn. Wofür hält der sich? Will der mit achtundzwanzig sterben oder was? Was glaubt der, was er da tut? Egoist. Dämlicher, pseudo Punk. Scheiß beschissener Rebell. Warum? Weil er bei seinen Eltern nichts durfte oder was? Will der sich was beweisen, oder denen da draußen? Oder seinen tollen Freunden...

Ich sitze da und starre vor mich hin. Ich weiß nicht was ich machen soll. Was ich machen kann. Gegen die Drogen kann ich nichts tun. Ich hab schon zu viele gesehen. Das muss der Süchtige selber wollen. Da kann ich nichts tun. Und das macht mich krank. Ich kann ihn da nicht retten. Wenn er nicht will...wenn er das nicht begreift. Seine Perle vielleicht...aber ich? Und mir schießt die Eifersucht in den Bauch. Wie Feuer. Wie ein glühendes Eisen. Ich hole ganz tief Luft.

Auch sonst kann ich nichts tun. Bei seinen Leuten will ich mich nicht einmischen. Dafür mögen die mich zuwenig. Und ich sie ebenfalls. Außerdem hab ich kein Bock auf noch mehr Gelaber. Das ist schon genug. Ich weiß es nicht. Ich schaue hoch. Sehe die zwei vor mir sitzen. Hilflos schaue ich sie an.

„Was soll ich denn machen?" ich fange gleich an zu heulen. Ich schlucke das herunter.

Schweigen. Sie steht auf, geht ins Bad. David schaut mich an. Ganz ehrlich. Dann zerfetzt er mir das Herz.

„Geh einfach. Mach ein Ende." er schaut mich an. Ihm tut das genauso weh wie mir. „Er kann nicht gehen, er sieht keinen Grund. Nimm ihm das ab. Macht Schluss damit. Du gehst ja sonst mit dran kaputt. Außerdem, was bringt euch das?" er zündet sich eine Kippe an. „Nur Ärger. Und dir doch auch. Du zerbrichst doch sowieso schon an dem was zwischen euch ist. Guck dir doch nicht an wie er vor die Hunde geht. Und überhaupt...ich meine, er ist doch nichtmal da für dich. Ich hab mehr von deinen Problemen gehört als er. Die letzten Wochen, als ich dich immer am Telefon hatte." Seine Freundin kommt wieder. Setzt sich zu ihm. Schaut mich an. Ganz traurig sieht sie aus.

„Und na ja...er liebt seine Perle. Und sie ihn. Und sie kommt mit ihm klar – auch jetzt." Er schaut mich an.

„Du hast mal zu ihr gesagt, die beiden sollen aufhören sich gegenseitig weh zu tun. Jetzt sag ich dir dasselbe. Hör auf. Mach einen Strich. Du tust dir nur weh...und ihm auch. Wenn er mal klar ist..."

Ich starre ihn an. Fassungslos über das was er weiß. Woher er es weiß. Was er denkt. Wie viel er mitkriegt, obwohl er nur ein

Asipunk ist. Trotzdem. Dann realisiere ich was er sagt. Und noch etwas, etwas dass mir die Luft nimmt. Das mich kaputt macht. Dass meine Fassade bröckeln lässt wie Asbestflocken. Er hat Recht. Er hat so scheiß beschissen verfickt Recht. Meine Augen verabschieden sich. Ich will nicht weinen. Ich schaue ihn an. Sie. Wieder zu ihm.

„Ich kann nicht."

David schaut mich an. Er lächelt. Aber das ist nichts zum freuen. „Ich weiß," sagt er. Er steht auf und setzt sich neben mich. „denn wenn du nicht da bist, dann ist er auch nicht da." Er nimmt mich in den Arm und ich heule. Die zwei füllen mich irgendwann einträchtig mit Wodka ab. Dann schleppen sie mich rüber und lassen mich ebenfalls aufs Bett plumpsen. Ich bekomm nich mehr viel mit. Nur noch meine Hand auf Gabriels Rücken. Atmungsbewegung. Ein. Aus. Ein. Aus. Beruhigend. Dann bin ich weg.

Irgendwas neben mir knarrt und quietscht. Und meine Nebenhöhlen werden von Ekel erregendem Gestank überreizt. Ich spüre eine Berührung an meiner Wange. Ich kratze meinen ganzen Mut zusammen und öffne ein Auge. Graues Licht. Eine Schattengestalt vor meinem Gesicht. Ich kann nur Einzelheiten wahrnehmen. Meine Sinne sind noch auf Stand by. Ein blutunterlaufenes Auge. Verzottelte Strähnen. Gabriel. Gestern. Ein verhaltenes Husten. Mein Rücken ist kalt. Und mein rechter Arm ist taub. Warum? Ah ja. Er liegt drauf. Ich ruckele mit dem Arm. Zieh ihn weg und halt ihn vor meine Brust. Wieder das Auge. Jetzt sind es zwei. Die Bettwäsche riecht wie das Inventar einer Fixerbude. Wie er. Und ich wahrscheinlich auch. Wieder der Wangenstreichler.

„Alles klar?" er hört sich an wie ein Reibeisen auf Schmirgelpapier.

Ich ruckele den Kopf hoch und runter. Nicht gut. Das drehen kommt wieder. Ich muss kurz die Augen zumachen. Und durch den Mund atmen. Dieser Geruch. Langsam geht's wieder. Und vorsichtig versuche ich in eine Sitzhaltung zu kommen. Bei ihm geht's nicht so schnell. Er drömmelt noch zweimal mit dem

Kopf aufs Kissen. Dann sitzen wir da. Er steht wackelnd auf. Tastet sich zum Fenster, reißt es auf. Torkelt aus dem Raum. Ich sitz weiter rum. Schaue mich im Zimmer um. Die Wände voll mit Graffiti. Poster, Banderolen, Plakate. Ein kaputter Kleiderschrank mit zerbrochener Spiegeltür. Klamottenberge. Mir wird kalt. Der Luftzug aus dem Fenster. Ich ziehe die Decke hoch. Eine kaputte Gitarre. Ich höre Wasserrauschen. Auf dem Nachttisch ein Kippengrab, Mischeblatt. Überall flusen Staub und so herum. Ich lehne den Kopf an die Wand. Augen zu. Und döse ein bisschen weg.

Die Tür geht auf. Es knarrt wieder neben mir, als er sich setzt. Die Augen sehen aus wie die Anzüge vom Garten-Landschaftsbau von Alex. Grün-Orange. Verrückt. Ich kichere. Und dann muss ich husten. Und verschlucke mich an meiner eigenen Spucke. Es hört gar nicht mehr auf. Er klopft mir auf den Rücken. Irgendwann sitz ich da, Kopf an seiner Brust, Arm um die Taille. Voll groggy. Da Kichern kommt wieder hoch. Ich fühle sein Kopfschütteln mehr, als dass ich es sehe.

„Was schüttelst du den Kopf?" meine Janis Joplin – Wodka Stimme ertrinkt ein bisschen in seinem Shirt.

„Du bis bekloppt."

„Stimmt. Dann sind wir schon mal zwei." Er kichert. Dann steckt er sich eine Kippe an. Hält mir die Schachtel hin. Ich gucke hoch. Na klar! Auf dass aus Janis noch mal Tina Turner wird! Ich lege mich hin, meinen Kopf auf seinen Schoß, sein Arm auf meinem Bauch. Wie immer. Ich schaue zu ihm hoch. Minimale Bartstoppeln am perfekten Kinn. Er hatte noch nie so den Bartwuchs. Babyhaut. Knallweiß. Ich kann die Knochen leuchten sehen. Ich drücke die Kippe aus. Dann schau ich ihn an.

„Red mit mir. Irgendwas stimmt doch nicht."

„Wie jetzt?" treudoofer Blick.

„Red mit mir. Was ist los? Gestern…?"

„Tschuldigung…"

„Wofür?" jetzt bin ich verwirrt. „Warum Entschuldigung? Wofür?"

„Ja, ich bau halt scheiße, man…" er will nich reden. Aber er muss. Endlich mal.

„Was denn für scheiße? Was tut dir leid? Sag es mir doch, lass es doch mal raus!"

Die Grünen schauen weg. Hierhin, dorthin. Nur nicht in meine Richtung. Er windet sich. Still. Dann:

„Kann ich nich…" einfach so.

„Warum? Hallo! Ich bin Eva! Ich sitz hier!"

„Ja man, aba ich kann nich. Ich kann's nich." Jetzt guckt er doch. Und ich weiß was er meint. Er kann es nicht. Er kann es wirklich nicht. Aus Angst. Oder Scham. Oder was weiß ich. Da ist soviel in dem Grün. Er kann es nicht. Und er konnte es mal so gut. Früher mal…da war er noch der Gabriel den ich kennen gelernt hab. Und jetzt versteckt der sich immer mehr. Und kann nicht mehr raus.

„Aber du musst irgendwann, sonst…" ich kann das nich sagen. Brauch ich auch nicht. Er weiß es ja selber. Mich kann er ja nicht anlügen. Er weiß auch dass es bald nicht mehr geht.

„Dann schreib ich's auf." Okay.

„Und wenn du es geschrieben hast, dann will ich, dass es irgendjemand liest. David, Sina, deine Perle oder von mir aus Alex. Oder auch ich. Irgendwer! Lass es wen lesen dann und stopf es nicht wieder in deine Bücher zurück! Okay?" er guckt mich schon wieder nicht an. „Guck mich an! Okay?!"

Er schaut mich an. Grinst ein bisschen. Nicken.

„Ja, okay." Lächeln. Nicken. „Okay."

„Komm her…" ich setze mich hin und er kuschelt seinen Kopf auf meine Brust. Drückt die Arme ganz fest um mich. Meine Hand auf seinem Kopf. Ein Kuss auf die Verfilzten Haare.

„Ich lieb dich." Durch meinen Pulli gedämpft.

„Ich dich auch." Und ich halt ihn einfach fest.

* * *

„Noch da?" Fabian zwirbelt immer noch in meinen Haaren.

„Klar bin ich noch da. Wie seh ich überhaupt aus?" Ich hebe den Kopf, stehe auf. Gucke in meinen Spiegel. Frei nach Edward mit den Scherenhänden. Hat was.

„So richtig individuell, oder nich?" ich grinse ihn an. Er nickt. Definitiv. Ich geh ans Fenster, er robbt vorwärts in dieselbe Richtung. Wir gucken an meiner Zimmerkaktee vorbei nach draußen. Vorm Fenster verwandelt sich das Blau langsam zu Grau. Es wird regnen. Regen. Leise Töne klingen in meinen Gedanken. Regen.

„Es gibt ein Lied von Freundeskreis, kennst du die?" ich schaue immer noch nach draußen.

„Kann sein, ich glaub schon."

„Das Lied heißt ANNA. Kennst du das?" er nickt. Denkt nach. Immer noch fragend.

„Immer wenn es regnet, muss ich an dich denken, wie wir uns begegnet sind und kann mich nicht ablenken…" jetzt hab ich doch gesungen. In den Blauen schalten eine Synapse um.

„Klar, kenn ich das!" lächeln.

„Das war irgendwie unser Lied. Regen und so. Der Anfang. Die Zeit. Da gab's mal ne Situation, da waren wir beiden die letzten die noch im Park waren und es hat angefangen zu schütten. Ich hatte ein Fahrrad dabei, er nicht. Und dann sind wir los zu mir. Er ist nebenher gejoggt. Und als wir bei mir waren, waren wir klatschnass. Da hat mein Papa den das Erste Mal gesehen. Guter Moment. Und oben bei mir hat er erst mal Klamotten von mir gekriegt, Gott sah das Panne aus." Ich lache. Fabian grinst auch.

„Und ein anderes mal war ich bei ihm, da bin ich gerade aus dem Bus raus, da hat er noch zuhuase gewohnt und es hat wieder geregnet wie Sau. Und dann hab ich einen Pulli von ihm bekommen. Mit Schädeln drauf und so. Meine Oma ist ausgeflippt als sie den gesehen hat. Und an der Kapuze waren Bänder. Die hab ich geflochten und…"

„Ja stimmt, den kenn ich auch! Die sind immer noch so!" Fabian schaut mich an. „Wie lange ist das her?"

„Das war am Anfang. Ganz am Anfang, als ich das Erste Mal bei ihm war."

Wieder die Bilder in meinem Kopf. Er und ich. Sein Zimmer. Der große Spiegel. Ich auf seinem Schoß, das Leuchten in seinem Gesicht. Der Blick in diesem Grün. Der Klang in dieser Umarmung. Verdammt.

Eine Hand zieht mich aufs Bett. Streichelt meinen Kopf.

„Du kannst jawohl singen!" er grinst mich an.

„Ey....!" Wir lachen beide. Dann stürze ich mich auf die Salzstangen. Er schaut mir belustigt zu. Und dann wieder der Bruch. Er denkt. Man kann es sehen. Fühlen.

„Ist da was gelaufen?"

Ich schlucke und schaue auf die drei halbierten Salzstangen in meiner Hand.

„Nein..." er nickt bedächtig. Lächelt. „Da nicht..."

Er schaut mich an.

„Was ist?"

„Dann ist Scheiße passiert..."

zwölf

Ich sitze am Küchentisch und trinke Tee. Und lese mein Lieblingsbuch. Ich konnte mal wieder nicht schlafen. Gar nicht. Draußen wird es langsam hell, meine Uhr zeigt halb acht. Verrückter Morgen. Ich bin in der Geschichte drin. Meine kleine Welt, die...

Mein Handy klingelt. Hä? Um die Uhrzeit? Hä? Unbekannter Teilnehmer.

„Hallo?"

„Eva? Hier is der Gabriel!" Hä? Wasn jetz los?

„Hi."

„Ja, ich war grad noch bei Tobias und so und wir ham gefeiat und so. Kommste vorbei?"

„Äh...ähm. Weißt du wie spät es ist?"

„Ja...kommste vorbei?"

In meinem Kopf wirbelt es.

„Ja, kann ich machen…und dann?"

„Ja kommse vorbei? Wenn de kommst, ich bin zu allem bereit…" noch mehr Verwirbelung. Entscheidung.

„Ja, ich komm dann gleich. So halbe Stunde bin ich da."

„Ja geil."

„Du bist dann aba auch da, ne?!"

"Ja hab i doch gsssagt! Bi gleich!"

„Ok. Tschüss."

Ich klappe das Handy zu. Klappe es wieder auf, rufe ein Taxi. Renne ins Bad. Schick machen is nich mehr. Egal. Jacke, Tasche. Eine Kippe. Draußen warte ich auf das Taxi. Und in meinem Kopf rumpelt es. Nach der Nacht bei David hatte ich länger nix gehört. Mal hier, mal da gesehen. Mal telefoniert, aber nichts Besonderes. Das Taxi kommt. Der Fahrer sieht nach Student aus. Und beglotzt mich. Ich gucke raus. Ich check das nicht. Der ist doch total besoffen. Und wie jetzt, zu allem bereit? Was soll das? Ich komm irgendwie nich mehr mit. Durcheinander. An mir rast die Stadt vorbei. Morgens. Um die Uhrzeit. Egal. Gabriel.

An seiner Tür muss ich dreimal schellen. Er macht die Tür auf. Voll zu. Und will mir die Zunge in den Hals schieben. Moment. Ich drücke mich an ihm vorbei in sein Zimmer. Setze mich. Er auch. Eine rauchen. Er grinst und wuselt an mir herum.

„Du bist da…"

„Ja klar bin ich da." Ich guck in die Grünen. Meine Grünen. Er nimmt die Kippe und schmeißt sie weg. Packt mich kommentarlos und küsst mich. Bier und Gabrielgeschmack. Mein Gabriel. Eigentlich ist es okay, aber er wird immer brutaler. Irgendwann setz ich mich auf. Und guck ihn an. Ich komm mir irgendwie bescheuert vor.

„Du, das geht nicht." Verständnislose Besoffenheit starrt mich an.

„Ich will dich…du bist die…"

„Es geht nicht. Ich bin krank. Da unten ist kaputt im Moment!" Ich meine das ernst. Gestern Nacht war da jemand nicht so vorsichtig und jetzt tut es weh.

„Is mir doch egal…" und er nimmt mich wieder in den Arm. Und küsst mich. Aber ich lieg nur noch da. Und in mir tut es noch mehr weh. Willenlos. Mutlos. Leere Hülle. In mir schreit es einfach nur noch. Ich kann das nicht. Nicht so. Nicht mehr…Ich weiß nicht. Was mach ich hier? Was ist los? Wo ist mein Gabriel? Mit einem Ruck stehe ich auf.

„Es geht aber nicht, verdammt!" Ich stehe da. Er sitzt auf dem Bett. Mit offener Hose. „Hast du das nicht verstanden? Es geht nicht! Was soll das überhaupt? Zum ficken rufst du mich an, ja? Dafür geht's…Wenn du betrunken genug bist. Aber sonst? Was soll der Scheiß? Da kann ich dann auch gehen."

„Wenn du jetzt gehst dann dreh ich durch, dann…" er steht auch auf. Klärung in den Augen. Ein bisschen.

„Was dann? Dann tust du gar nichts, man. Dann gehst du schlafen, kapiert? Und wenn du wieder klar bist, dann rufst du mich mal an, ok?" Ich suche meine Klamotten zusammen. Er steht da und guckt mir zu. Setzt sich abrupt wieder aufs Bett. Ich stehe da, die Tasche in der Hand. Gucke ihn an.

„Bleibst du hier bis ich eingeschlafen bin?"

Die Tasche fällt auf den Boden. Meine Jacke auch. Ich schaue ihn an.

„Natürlich…" meine Stimme ist ein Flüstern. Er legt sich hin. Ich decke ihn zu, lege mich daneben. Sein Kopf an meiner Schulter. Meine Hand auf seinem Arm. Bevor Morpheus ihn zu sich holt nuschelt er noch etwas.

„Ich lieb dich…ich brauch dich doch…weit du…"

„Ich weiß…"

Dann schläft er. Und ich gehe leise, doch in mir drin ist immer noch alles am schreien.

* * *

„Das hat dir wehgetan oder?" Fabian streichelt meinen Kopf.

„Jap. Können wir zu dir gehen?" Das Gefühl will ich hier nicht hochlassen. Nicht jetzt. Ich schieb es soweit weg wie es geht. Seine Blauen Augen fragen nicht. Er nickt. Wir gehen. Meine Ma fragt wann ich wieder komme. Ich schau ihn an. Er zuckt mit den Schultern. Er hat Urlaub. Ich sowieso.

„Morgen." Er lächelt. Meine Ma auch. Und der Knaller: Ich auch.

Draußen ist es nass. Und im Auto ist es kalt.

„Musikwunsch?" Oh ja…

„Wenn du hast Metallica, Fade to Black."

Er wühlt sich durch sein Seitenfach. Und schiebt eine CD in das Multifunktionsradio. Die ersten Klänge. Ich schließe die Augen. Und ich singe mit. Erst leise, dann lauter. Bis zum letzten Ton. Das Gitarrensolo fliegt an mir vorbei. Seine Hand liegt auf meiner. Gutes Gefühl. Ich bin nicht allein. Bei der Hälfte von Of Wolfs And Men sind wir bei ihm. Wieder mal die Kuscheldecke. O-Saft. Er verschwindet im Bad. Kommt wieder. Ultimatives Grinsen.

„Du bist richtig gut."

„Ach halt die Klappe!" ich muss auch grinsen.

Er setzt sich neben mich, hält wieder meine Hand. Ich ahne was kommt.

„Und was war dann?" ich wusste es. Der gibt nicht auf.

„Dann kam die größte Scheiße meines Lebens auf mich zu." Ich schaue aus dem Fenster. „Und ich habs nichtmal kommen gesehen…oder doch. Das war alles so verrückt und wirsch. So durcheinander…Ich wusste im Endeffekt nicht mehr wo oben und unten ist. Vorne und hinten…ich…"

Ich versinke in der Erinnerung. Das Gefühlschaos knallt mit voller Wucht auf mein Herz.

„Was ist passiert?"

Ich schaue ihn an. Und dann bricht es aus mir heraus.

„Ich wollte nicht mehr. Ich konnte nicht mehr. Ich wollte aufgeben. Ich wollte nicht mehr nachdenken, keine Schmerzen mehr haben…kein…Ich hatte das Gefühl ich würde mich auflösen. Das war die Hölle. Das wünsche ich niemandem. Ich hatte das Gefühl, dass, wenn mich jetzt nicht jemand festhält…dass ich dann von der Welt herunterfalle. Und dann hab ich ihn angerufen, auf der Arbeit. Ich hab geheult und gebettelt. Aber er ist…" die Tränen kommen hoch. „Er ist zu ihr gefahren. Und ich saß zuhause. Ich war so verdammt allein. Ich…ich konnte nicht…" Meine Brust brennt. Es tut so weh.

Immer noch tut es so weh. Ich kriege keine Luft. Fabian schaut mich an. Hilflos, machtlos. Gegenüber diesem Schmerz. Dieser Leere. Genauso wie damals. Ich muss reden.

„Ich bin in die Klapse gekommen. Ich musste weg. Meine Ellis ham das auch gesagt. Das war grausam, ich hab echt gedacht ich werde wahnsinnig. Oder verrückt. Ich hatte Angst. Angst vor allem. Vorm allein sein, vorm Bus fahren, vor ALLEM. Vor mir selbst und vor den Gedanken in meinem Schädel. Das Gefühl der Leere, der Wut. Diese ganze verfickte Scheiße…"

ich heule und rede gleichzeitig. Er hält meine Hand fest. Hört zu. Und lässt mich heulen wenn es nicht mehr geht.

* * *

[Der Anfang vom Ende]

Ich sitz auf diesem unbequemen Stuhl in diesem verfickten Raucherzimmer. Um mich herum die Geschichten der Anderen. Und die Überflutung meiner eigenen Scheiße. Zwei Augenpaare starren mich an. Fassungslos, wütend. So wie ich. Meine beiden besten Mädels schauen mich an. Und fühlen sich genauso hilflos wie ich. Ich starre auf meine Kippe. Gleich verbrennt mir die Glut den Finger. Ich drück sie aus. Puste den Qualm weg. Schaue hoch. Immer noch derselbe Blick aus vier Augen.

„Ja, und jetzt?" beide gucken mich an, obwohl nur eine spricht. Ich zucke die Schultern. Keine Ahnung.

„Weiß ich nicht." Was auch? „Ich glaub die Therapeutin hat schon Recht wenn sie das sagt. Ich meine, es ist ja nicht so, dass ich das nicht auch mal gedacht hab. Aber ich habs halt nie zugelassen. Gabriel war für mich ja immer…ich weiß auch nicht." Ich fuchtele mit den Händen herum. Wie soll man das beschreiben? Ein Engel? Unantastbar? Auf einem…? „…wie auf einem Sockel. Irgendwie. Bsss."

„Ja, aber dann muss doch jetzt was passieren…"

Das stimmt. Aber ich weiß absolut nicht was. Und wenn ich's doch weiß, dann hab ich Angst davor.

Wir quatschen noch über Belangloses. Dies und das. Ablenkung. Irgendwann düsen die beiden wieder Richtung Heimat. Bussis. Lieb euch.

Ich sitze draußen und starre in die Wolken. Eine Stunde Ausgang am Tag. Wenigstens nicht mehr in Begleitung. Kleine Wolken über blauem Himmel. Frühlingswetter. So haben wir uns kennen gelernt. Er und ich. Bald kommt Regen. Das rieche ich irgendwie. Soll es so aufhören wie es angefangen hat? Ich zünde mir die millionste Kippe an. Im Park, in diesem kleinen verpissten Rondell rennen die Bekloppten ihre Kreise. Auf und Ab…immer wieder. Und erbrechen zum tausendsten Mal ihre kaputten Lebensgeschichten. So wie ich. Wie alle hier. Das ist ja noch so was Verrücktes. Alle. Ich auch. Verdammt!

Als ich den Stummel wegschmeiße hat ein Entschluss in meinem Kopf Form genommen. Eine Form die mir nicht gefällt. Große Angst. Aber da ist noch etwas Größeres. Wut. Eiskalte, zementharte Wut. Ich stehe auf und laufe los. Ich laufe durch die Straßen ohne etwas zu sehen. Immer weiter. Und in meinem Kopf laufen die Filme ab. Auch immer weiter. Synapsenfetzen, eingerissene Leinwände. Filmrollen voll mit Schmerz. Jede Kleinigkeit, jeder Moment der mir wehtat. Jede Sekunde in der ER mir wehgetan hat. Ich laufe und laufe. Durch den Park. An Menschen vorbei. In den Ohren Stöpsel mit Blind Guardian. Aber hören tu ich trotzdem nichts.

Das letzte Mal sehen. Er war da, hat mich besucht. Geweint, Gekuschelt. Viel geredet. Aber doch nichts gesagt. Wie sooft in letzter Zeit. Aber er war da, schreit es in meinem Kopf. Ich bleibe stehen. Bleibe einfach stehen. Mitten auf dem Weg. Starre auf den Ententeich rechts von mir. Ich sehe nichts. Ja, er war da. Aber dann war er wieder weg. Zu ihr. Weg. Und das ist der Punkt. Er geht immer wieder zu ihr. Immer wieder. So wie der letzte Ex auch. Ich stehe da und pack es nicht. Da ist eine Bank. Ich geh die paar Schritte, setze mich. Die Gedanken fixieren sich auf einen Punkt.

Ich weiß gar nicht warum ich ihn liebe. Die letzen Jahre. 6 Jahre. Umsonst. Eigentlich ist er ein Asi. Ein Dreckspunk geworden. Belogen, betrogen…von Hass erzogen. Er war nicht immer so. Aber er ist so geworden. Alkohol, Drogen…die falschen Freunde. Der Ausbruch von Zuhause. Das alles. Im Laufe der Jahre. Konsequenzdenken: Eigentlich war er verdammt oft nicht da. Ich hab die Frage gestellt, was er tun würde. Wenn ich oder sie. Und, er hat sie gewählt. Und es hat gebrannt. Gezogen. Mir läuft die Pisse aus den Augen. Aber die Gedanken gehen weiter. Das hat mich kaputt gemacht. Dieser Augenblick. Und das Gefühl sooft. Zu oft. Aber ich bin selbst schuld. Ich hab nie die Fresse aufgekriegt. Sein Bild schwebt vor meinem Gesicht. Was er wohl grad tut? Bestimmt grad auf einer Baustelle. Konzentriert sich auf die Arbeit. Oder das, was der Mentor grad sagt. Runzelt die Stirn ein bisschen. Und zieht die linke Seite der Unterlippe zwischen die Zähne, da wo er das Piercing hat. Knabbert daran.

Ich hab seine Hände im Kopf. Und noch ein Bild. Ein Satz…

Verdammte Scheiße! Ich haue mit der Faust vor die Lehne der Bank. Es knallt. Vibriert.

Warum kann er mich nicht anlügen? Er, mein letzter Ex, sie alle bescheißen ihre Perlen. Mit mir – mit anderen. Ja, ich weiß davon. Ich weiß mehr als sie glauben! Warum lügt er die an, die er angeblich liebt? Und warum mich nicht verdammte Scheiße? Weil ich anders bin? Weil ich mich nicht aufrege? Weil ich, so wie der letzte Ex sagt, einfach keine Szene mache und „anders" damit umgehe? Warum, verfickte Scheiße, warum kann er das bei mir nicht?

Liebt er mich? Oder eben nicht? Ehrlichkeit zeugt doch von Vertrauen und das ist der erste Schritt in Richtung Liebe…oder nicht?!

Ich hab die letzten beschissenen Jahre nur mit einem kleinen Stück vom ganzen Kuchen gelebt. Verlebt. Gewartet. Und worauf? Nichts. Wieder die Lehne. Nochmal knallt es. Der ist einfach feige. Und ich war zu lieb, hab zuviel geliebt. Um es ihm so ins Gesicht zu spucken wie seine Perle. Wie es ihr Recht ist…

Ich starre auf meine blutenden Knöchel.

Und wie es genauso MEIN gutes Recht ist…

Lackschuh oder Barfuss.

Ganz – oder eben gar nicht.

Ich krame nach meinem Handy. Die Nummer kann ich auswendig.

Es tutet. Zweimal, Dreimal.

„Ja?" ruhig.

„Hey, alles klar?"

„Ja sicher! Und bei dir?"

„Auch. Kannst du heute noch mal vorbei kommen?"

kurze Pause. Ich hör ihn denken. Mal wieder.

„Lieber morgen. Heute is schlecht. Morgen?"

„Okay. Wie immer?"

„Ja, so gegen sechs oder was."

„Okay."

„Lieb dich."

Ich muss schlucken. Ich…scheiß drauf.

„Ich dich auch."

„Bis dann." Ich hör sein Grinsen durchs Telefon.

Dann leg ich auf. Und geh zurück zur Klinik.

dreizehn

„Die Nacht war die Hölle. Ich hab nich geschlafen…" ich schaue Fabian an. Aber ich seh ihn nicht. Vor mir habe ich das Bild des Zimmers in der Klinik. Die Wände. Die Decke, das offene Fenster. Die Geräusche. Und der stündliche Gang ins Raucherzimmer. Die Nachtschwester guckte schon blöd.

„Und dann?" er hält immer noch meine Hand fest.

Ich komme wieder in die Realität zurück.

„Ja…ich hab die Fresse aufgekriegt." Beschissene Erinnerung. Sinnloses Gespräch…ich wusste ja von vorneherein was passiert. Passieren würde. Feige Drecksau. Immer schon. Nicht erst seit gestern…ich schweige vor mich hin. Er hält es nicht aus. Schiebt sich die Haare hinter die Ohren. Zigarette, hält mir die Schachtel hin. Ich schüttele den Kopf.

„Und was hat er gesagt? Dazu?"

„Nicht viel…eigentlich fast gar nichts. Außer zu spät." Ich denke nach. Dann… „Und, das er mit dem zufrieden ist was er hat…"

In meinem Kopf entsteht das Bild. Der Abschied? Das Ende? Ich weiß es nicht. Ich weiß nur, dass sein Blick gebrannt hat wie Feuer. So stell ich mir die Hölle vor. Er war wütend, verletzt. Verwirrt. Genauso wie ich. Oder nicht ganz. Ich wusste, ich kann ihn gehen lassen. Ich bin stark genug dafür. Und das Wissen hat mich fertig gemacht. Das Wissen über seine Feigheit. Das Wissen darüber, dass er Bereuen würde irgendwann. Der letzte Stupser auf meine Nase. Ich stand mit hängenden Armen vor ihm. Unfähig. Für irgendetwas. Der Gang zurück zur Klinik. Mein erster Gang allein. Nach den Jahren. Wenn ich mich umgedreht hätte, ich wäre gestorben. Aber ich hab es nicht getan. Aber das Wissen um meinen Mut, meine Stärke…das Wissen darüber dass ich weiter bin. Als er. Der Schmerz wütet noch genauso wie in dem Moment. Ich kotz gleich…

„Wann war das?"

Was? Hä? Moment…Achso, ich sitz ja noch hier.

„Vor acht Wochen…"

Begreifen blitzt in seinen Augen auf.

„Deshalb kannte ich dich bis dato nicht," er zieht noch mal an der Kippe. „Weil, ich bin ja erst seit drei Monaten dabei. Ich hab immer nur gehört…"

Ich unterbreche ihn. Winke ab. Nicht das jetzt. „Ich will gar nicht wissen was du gehört hast. Ich hör schon zuviel."

Jetzt ist der rote Faden weg. Fabian steht auf, hebt mein Glas. Fragender Blick. Ich schüttele den Kopf. Kein Durst. Das Kopfkino ist wieder auf Repeat. Ich umgehe das indem ich auf dem Klo verschwinde. Raus hier. Einfach nur weg. Erstmal. Ich schaue in den Spiegel. Studier mein Gesicht. Meine Augen. Streiche meine Haare glatt. Wisch den Kajal wieder gerade.

Irgendwas ist geplatzt. In mir drinnen. Der Knoten. Irgendwie…

Wieder auf dem Sofa nimmt Fabian meine Hand. Ich gucke in die Blauen.

„Den Rest kennst du…" die Party. Ist das wirklich erst vier Tage her?

Wir schweigen uns an. Er streichelt meinen Kopf. Meine Arme. Nicht mehr, nur das. Es ist okay. Draußen wird es schon wieder dämmerig. Irgendwann schauen wir einen Film. Und gehen danach schlafen. Bevor ich weg bin noch eine letzte Frage.

„Ist es jetzt vorbei?"

Ich überlege. „Vielleicht…"

Aber ich glaub nicht dran.

* * *

[Sechs Monate später]

„Das geht so nicht weiter, Kurze!" eine meiner Besten schaut mich scharf an. „Du kannst andere Leute verarschen, aber nicht mich!"

Ich gucke weg. Weiß ich doch auch, Perle. Aber was soll ich denn machen? Ich knabbere an der Innenseite meiner Unterlippe und starre weiter aus dem Wagenfenster. Sie knallt den dritten Gang rein. Schönen Gruß vom Getriebe.

„Hallo? Ich red mit dir!"

„Ich weiß…"

Wir fahren schweigend bis zum Platz. Sie hält an, zieht den Schlüssel raus. Steigt aber nicht aus. Sie hält meine Hand fest. Schaut mich an.

„Lass es raus. Egal wie, egal womit. Du kannst nicht so weiter machen. Du lebst, aber irgendwie bist du nicht mehr so lebendig…ich weiß nicht wie ich das erklären soll. Fabian und…"

„Was ist mit dem? Nur weil ich nicht konnte oder was? Was erwartest du eigentlich von mir? Dass ich von Null auf hundert gehe oder was? Ich kann nicht! Meine große Liebe…" ich flippe aus. Ich HASSE es, wenn sie genau den Punkt trifft, der relevant ist.

„Kack mich nicht an, ich kann da nichts für! Aber wie viele waren es denn bis jetzt? Und wie viele hast du weggeschickt? Wie lange willst du dich noch in deinem Selbstmitleid suhlen, he?! Deine Scheiß große Liebe hat sich verpisst…", sie äfft mich nach. „Das ist eine Tatsache! Find dich damit ab! Du musst mal lernen mit Dingen klar zu kommen die du nicht ändern kannst! Da hilfts auch nicht wenn du einfach nur die Klamotten verbrennst! Du musst das in dir drin verbrennen!"

97

Sie steigt aus und knallt die Tür hinter sich zu. Ich bleibe sitzen. Ich bin stinksauer. Was soll das? Die hat doch überhaupt keine Ahnung wie das ist! Hallo? Ich kann doch nichts dran ändern. Ich kann halt nicht von jetzt auf gleich wieder Gefühle in mein Herz zaubern…Ich steige aus. Gehe ins Vereinsheim. Im Laufe des Abends vertragen wir uns wieder. Aber trotzdem nagt es an mir.

Später, vor meiner Haustür schaut sie mich noch mal an.

„Das was ich gesagt habe, meine ich verdammt ernst. Hab disch lüüüb!"

Bussi. Und weg ist sie. Und ich stehe da und schaue ihr hinterher. Ich bin immer noch brummelig. Der Schlüssel klemmt ein bisschen. In der Küche sitzt mein Vater und liest. Und der unvermeidliche grüne Tee. Ich muss schmunzeln. Dann setze ich mich dazu. Erstmal eine rauchen.

„Und?" er lächelt mich an. „Wie wars denn?"

Feuer, ziehen. Qualm ausblasen.

„Ganz okay." Ich weiß nicht was ich sagen soll. Ich fahre die Falten des Tischtuches entlang. Rauchen. Qualm ausblasen. Er guckt mich immer noch an. Wartet. Auf eine Erklärung. Ich gucke hoch. Und dann platzt es aus mir heraus. Ich erzähle. Was sie gesagt hat. Alles.

„Ist das so? Ich meine, die checkt das gar nicht, die weiß nicht wie sich das anfühlt wenn man…"ich werde schon wieder hysterisch. Die Tränen suppen schon in den Augenwinkeln. Man, bin ich ne Heulsuse. Ich wische sie wütend weg. Drücke die Kippe aus. Mein Papa schaut mich immer noch an. Dann zündet er sich auch eine Zigarette an. Der nächste Satz kommt sehr bedächtig. Ruhig.

„Sie hat recht…weißt du?"

Ich weiß. Und jetzt kommen die Tränen erst recht. Volles Pfund. Mein Paps steht auf und tröstet mich. Nimmt mich in die Arme, hält mich. Wiegt mich ganz vorsichtig vor und zurück. Ich will wieder ein Baby sein. Dann muss ich das nicht fühlen. Ein Rotzfaden tropft auf meine Bluse. Na toll.

Ich werde wieder ruhig. Schaue meinen Papa an. Er hat auch Tränen in den Augen. Verwichstes Erbe. Unsere ganze Familie ist so. Nah am Wasser gebaut. Heulsusen, alle wie sie da sind! Ich muss ein bisschen grinsen. Aber nur ein bisschen.

„Besser?"

Ich räuspere mich. Schlucke die Tränen runter.

„Jap." Ich stehe auf. Putze mir röhrend die Nase. „Ich geh jetzt hoch."

„Gute Nacht."

„Nacht."

„Warte mal, hast du morgen schon was vor?" er schaut mich fragend an.

„Ja, ich treff mich mit den Jungs. Abschiedsparty…" endlich mal was positives heute. Oder morgen. Oder überhaupt. Mein „Freund". Morgen ist er weg. Langzeittherapie. Wenigstens einen konnte ich retten. Egal.

Ich wandere die Treppe hoch. Tür, Zimmer. Licht und Musik. Leise Musik. Ich stehe da und weiß nicht so recht was ich jetzt machen soll. Ich setze mich aufs Bett. Baumel mit den Beinen. Eine Erinnerung pirscht sich an meine Synapsen. Das Freudenfeuer. Nach der Klapsenodyssee und der Misere mit Fabian hab ich eine große Kiste gepackt. Die vom Dachboden. Kaputte Leinwände, Bilder. Fotos, das Taschentuch…Briefe, Gedichte. Ein T-Shirt. Alles. Ich und meine besten sind weggefahren. Terpentin brennt wie Sau. Und Acrylfarbe brennt bunt. Das letzte was ich in die Flammen gehalten hab war das Shirt. Es hat noch nach ihm gerochen. Ich hab es an meine Nase gehalten. Ein letztes Mal. Lange stand ich da. Bis die letzte Glut verloschen war. Wir sind wieder gefahren.

Und nachts hatte ich eine Panikattacke. Total verrückt.

Aber ich hab nicht alles verbrannt. Mein Blick fällt auf meinen Schreibtisch. Das Fach. Ich sinke auf die Knie, die Kippe im linken Mundwinkel. Wühle mich durch Papierberge und Taschentücher. Bücher, Krams. Ganz unten. Das Foto. Das verbotene Foto. Unser Bild. DIN A4 Liebe. Mir wird schlecht. Ich leg mich ins Bett. Fötalstellung. In der Beugung meines Körpers das Foto. Ich kuschel mich in die Erinnerung ein. Verdammt…

Irgendwann schlaf ich ein.

* * *

Ich sitze mal wieder in einer von diesen Wohnungen. Um mich herum die abgestürzten Existenzen. Kaputte Welt. Aber das stört die nicht. Neben mir auf der Couch blökt ein verlauster Köter vor sich hin. Ich streichle seinen Kopf. In meinem Ohr dröhnt die Musik. Ich nippe an meiner Cola. Kein Bier. Muss noch fahren. Die Jungs…Jungs? Nein. Kaputte Menschen. Irokesen, verwaschene Blicke. Drei Kästen Bier. An den Wänden Poster, Flyer. Es stinkt zum Gottserbarmen. Ich muss pinkeln. Aber nicht in diesem Badezimmer. Da bröckelt der Schimmel schon in die Badewanne. Wie armselig. Ich schaue meinem „Freund" ins Gesicht. Er grinst mich an. Wir sind die einzigen hier die nüchtern sind. Gegröhle. Brandflecken auf dem verflusten Teppich. Die Türklingel geht. Die Töle neben mir rastet aus. Na ganz toll. Alle schauen gebannt auf die Tür. Ich auch.

Und Schmerz durchzuckt meine Brust hinter dem spitzenverzierten Mieder. Er. Hier. Mit der Flasche Öttinger in der Hand. Er schaut mich an. Ausdruckslos. Total weggeknallt. Schaut wieder weg. Ich weiß man…ich bin in deinem Territorium. Obwohl ich in deinen Augen nicht mehr hierhin gehöre. Ich mach mir eine Kippe an. Ich stehe auf. Geh ins Bad. Setze mich auf den Klodeckel.

Gabriel. Deine Augen man…Dein Gesicht. Immer noch derselbe Schmerz. Ich denke nach. Über die Welt in der ich gerade sitze. Über das was ich hier will. Was ich tue. Tu ich es für mich? Bin ich hier wegen ihm? Oder…

Ich bin hier nicht für ihn. Ich war mal so. Ich war mal in dieser Welt wegen ihm. Durch ihn, mit ihm vielleicht. Aber jetzt? Jetzt ist er fort, und ich bin trotzdem da. Und naja, das Ding ist halt, dass ich mir meine Inspirationen nun mal aus diesen Momentaufnahmen hole. Bei euch. Oder bei denen. Die Faszination dieser einen Kleinigkeit, dieser einen Sekunde vielleicht…in der ich auf einem total durchgevögelten und kaputten Sofa sitze, zwei verlauste Hunde an meiner Seite und die Handbewegung eines Menschen, der zum Bier greift. Etwas

100

total banales in der Welt hier, bei euch da draussen. Aber das war schon immer so. Und naja, wie gesagt, es ist einfach eine dieser kleinen Begebenheiten, das Gespräch mit dem ehemaligen Obdachlosen, blauhaarigem, oder einfach nur der Anblick einer absolut chaotischen Wohnung. Der mich Bilder malen lässt. Der mir Ideen gibt. Dieser Augenblick, zwischen Müll, Unrat, Biergeruch, Haschischrauch und Kotze...zwischen Hass, Mut, Einsamkeit, Wut und Unakzeptanz. Zwischen unendlicher Liebe und einem schier unfassbaren Willen zum Protest den ich genauso in meinem Herzen trage wie ...wie die. Wie er vielleicht auch...

Es knallt an die Tür. Ich steh auf. Schnipp die Kippe in die Badewanne. Mach die Tür auf. Ein dreißigjähriger mit roten Stacheln drückt sich an mir vorbei. Grinst mich anzüglich an. Ja ganz großes Tennis. Mittlerweile gibt es keine Sitzgelegenheiten mehr. Ich hock mich auf den Boden neben einem Bierkasten. Gabriel sitzt da drauf. Wieder der Blick. Mein „Freund" verwickelt mich in ein Gespräch mit einem weiteren Punk.

Etwas tippt auf meine Schulter. Ich gucke hoch. Gabriel dicht und alkoholisiert.

„Du bisn Arschloch..."

Wie bitte?

„Was bin ich?"

Schweigen. Bis auf das Gedröhn aus den Boxen.

„Hallo? Was bin ich?"

Er geht raus. Ich gehe hinterher. Auf den Balkon. Wäscheständer, Eimer. Pflanzen. Eine kleine Plantage. Er sitzt auf der Brüstung. Ich hock mich daneben.

„Was bin ich?" ich schau ihn an.

„Weißte was...hehe..." er grinst besoffen. „Manchmal hass ich dich..."

„Warum?"

„Weil du mir soviel bedeutest..." er guckt wieder weg.

Na ganz toll...Pisse in meinen Augen. Warum das jetzt schon wieder? Was soll das?

„Was soll das jetzt?" ich drehe seinen Kopf zu mir.

„Ja is halt so…" er schwankt hin und her. „Was isn jetzt mit uns so?"

Hä? Will der mich verarschen oder was?

„Ja ist doch alles geklärt. Du hast deine Entscheidung getroffen oder nich?" ich starre ihn an.

„Wieso…war doch dein Ding…so…"

„Wie bitte? Hast du sie nicht mehr alle? Du hast gesagt du bist damit zufrieden man!"

Wir schweigen uns weiter an. Er will seinen Arm um mich legen. Ich wehre ab. Nicht jetzt. Ich bin schon am heulen. Reicht. Er schaut mich verletzt an. Ja gibt's das denn? Erst feige Sau spielen und jetzt auf einmal? Wenn er sich den Mut angetrunken hat oder was? Ich glaub das nich…

„Du…" er schaut mich noch mal verwaschen an. „Vergiss mich nicht."

Ich steh auf. Ich muss hier raus. Das geht gar nicht klar. Garnicht.

Ich renne fast raus. Aus der Wohnung. Aus der Welt. Mein Paps am Telefon. Hol mich hier weg. Bitte. Ich muss hier weg. Ich sterbe. An dem Schmerz. Ihn vergessen? Wie denn, verdammt noch mal? Zwanzig verfickte Kreuze wenn ich dazu fähig wäre! Was soll ich denn…ich steh auf der Straße. Er kommt raus. Steht vor mir.

„Was willst du?"

„Ich will gucken das du gut nach Hause kommst…"

„Seit wann interessiert dich das denn?"

„Soll ich gehen?" er schwankt hin und her.

Ich schweige. Beiße auf meine Lippe. Gucke auf den Asphalt vor mir. Ich kann es nicht. Verdammt noch mal, ich bin auch feige. Ich kann nicht. Die Worte stehen auf meiner Zungenspitze. Warten auf den Absprung. Ich kann sie nicht runterschlucken. Aber aussprechen auch nicht.

„Du brauchst mich doch sowieso nicht…" gemurmelt. Trotzig.

Ich reiße den Blick hoch.

„Was?..." die Pisse aus meinen Augen läuft endgültig über. „Ich brauch dich nicht? Nein? Warum leb ich dann noch du Hurensohn? Was soll der Scheiß jetzt? Ich brauch dich nicht?

Was hab ich, verfickte Scheiße noch mal, was hab ich falsch gemacht, dass du so denkst? Du bist der Grund warum…" mir gehen die Worte aus. Er guckt wieder weg. Letzter Versuch.

„Kannst du sie vergessen?" Gott im Himmel, sag bitte ja und ich vergesse diese sechs Jahre.

Das Auto fährt vor. Mein Paps.

„Nein…" feige Drecksau.

„Dann vergiss mich, man." Mir bricht das Herz bei diesem Satz. Ich muss mich zwingen das zu sagen. Ich Ich kann ihn nicht angucken. Ich guck auf sein Piercing. Die Bierflasche in seiner Hand. Seine Haut am Hals. Die losen Strähnen hinter seinem linken Ohr. Nur nicht in seine Augen.

„Wars das jetz?"

„War deine Entscheidung…" ich heule weiter vor mich hin. „Nicht meine…"

„Also…dann" letzter Trotzversuch. Er ist verletzt. Wie ich. Aber er gibt es nicht zu.

„Geh…geh einfach." Ich winke mit den Händen. Drücke seine Aura von mir weg. Seine Existenz. Meine Seele. Ich kann nicht mehr. Ich steige in das Auto. Sein letzter Satz schwirrt an mir vorbei. Ich falle in ein Loch. Und heul den letzten Rest auch noch weg.

Es ist vorbei…ich kann nicht mehr. Ich hab mein Menschenmöglichstes getan. Ich hab alles versucht. Alles. Ich wollte ihn, immer, mein Leben lang. Aber nicht so. Nicht das. Ich kann nichts mehr tun. Und selbst jetzt ist er zu feige die Wahrheit zu sagen. Es war seine Entscheidung, nicht meine. Er hat es gesagt. Und jetzt will er dass ich ihn nicht vergesse? Hallo? Was soll das? Warum zerfetzt er mein Herz noch mehr? Warum? Ich pack das nicht. Ich kann das nicht. Ich will es nicht.

Ich schaue aus dem Fenster. Ich will es nicht mehr. Es macht mich nur kaputt. Und, es hat auch keinen Sinn mehr. Wie auch? Er ist abgestürzt. Er ist nicht mehr der, den ich kennen gelernt habe. Nicht mehr mein Gabriel.

Ich…ich. Er hat gesagt „Wenn du nicht da bist, bin ich auch nicht da." Nicht ich. Ich hab das nicht gesagt. Und ich weiß auch dass es nicht so ist. Bei mir. Ich kann. Ich bin die Stärkere. Ich habe den Willen

gehabt. Und…ich kann allein stehen. Ich weiß es. Ich kann sagen geh. Er kann es nicht. Das macht mich krank. Es zerfetzt mich innerlich. Warum konnten wir den Weg nicht zusammen gehen? Ich muss wieder weinen.

An mir rast das Viertel vorbei. Die Zeit. Die Bilder. War das mein letzter Abend hier? Wahrscheinlich. Ich glaube, ich kann nicht mehr zurück. Nie mehr. Das…das ist vorbei. Mein Viertel. Meine Momentaufnahmen. Meine kleine Welt. Das kaputte hinter der Oberfläche. Weggewischt. Wie der Dreck auf der Windschutzscheibe.

Aber…ich muss sowieso noch mal hin. Wegen Alex.

Ich versinke in den Ledersitzen des BMW's und an meinem inneren Auge rasen die letzten Bilder vorbei. Zuhause mach ich die Tür hinter mir zu. Es reicht.

* * *

[heute]

Ich sitze auf dem Bordstein und halte mich immer noch an Alex fest. Große Hände auf meiner Seite. Meinem Arm. Stark, fest. Halt mich. Nur das. Und er tut es. Seit…ich weiß nicht wie lange wir schon hier sitzen. Ich hab aufgehört zu heulen. Meine Wange brennt ein bisschen. Meine linke Arschbacke ist eingeschlafen. Ich lausche auf seinen Atem. Meiner. Im Einklang. Ein. Aus. Synchronisation der physikalischen Funktionen. Ein Duett aus Stille. Ruhe. Eine Träne rollt von meiner Nasenspitze auf seine Hand. Ein Bild in meinem Kopf. Ein Gesicht. Gabriels Gesicht. Ich lasse es kurz da. Dann geht es weg. Verblasst wie Terpentin auf Leinwand. Ich atme tief ein, halte den Atem fest. Und wieder aus.

Die Tür knallt. Ich zucke hoch. Gabriel guckt uns an. Ganz nüchtern plötzlich. Ich fixiere seine Augen. Er schaut weg. Geht an uns vorbei.

Im Weggehen höre ich noch einen Satz.

„Dann weiß ich ja Bescheid."

Etwas in mir explodiert. Ich springe auf, schreie ihm hinterher.
Er dreht sich um. Ganz langsam.

„Komm du doch…" er flüstert das. Ich schaue in die braunen Augen neben mir.

„Geh rein," sage ich.

„Bist sicher?" Alex schaut ein bisschen skeptisch.

„Definitiv." So sicher war ich mir noch nie über etwas.

* * *

[später]

„Missgeburt…" ich fluche vor mich hin, während ich mich setze. Die Tür klappt. Alex setzt sich auf die Stufen vor der Haustür. Er wartet. Ich zünde die nächste Kippe an der Vorherigen an. Gucke auf den Horizont. Fabrikschlote, Wasserdampf aus riesigen Turbinen. Früher hab ich geglaubt da werden die Wolken gemacht. Die Sonne taucht das ganze Spektakel in magenta, orange, purpur und rosa. Gelb und ein bisschen hellblau. Viel zu schön um es anzufluchen. Aber ich kann nicht anders. Sämtliche Beleidigungen schießen durch meine Gedankenspirale. Und verspotten das unglaubliche Farbspiel am Herbsthimmel. Einzigartig. Wie das Blut auf meinen Fingerknöcheln. Egal…ich musste das wissen. Ich wollte wissen ob das alles war. Ob das jetzt wirklich alles gewesen ist, ob die letzte Seifenblase in meinem Kopf auch noch platzt. Und sie ist geplatzt. Mit vier beschissenen Worten ist sie geplatzt. Erst wollte ich lachen. Aber dann, ich weiß auch nicht warum, bin ich explodiert. Ich hab ihn
angeschrieen, wie ich noch nie jemanden angeschrieen habe. Ich hab ihm die letzten sechs Monate an den Kopf geknallt. Die ganzen unterdrückten Gefühle. Die ganze Wut, das Misstrauen. Die Trauer, die Ent –
täuschung…alles. Und den Schmerz. Und jetzt sitzt er da und guckt mich verschleiert an. Wie ist das eigentlich wenn man Nasenbluten hat? Wenn der ganze Rotz, die Kotze, das Blut aus dem kaputten Knochen läuft. Wie ist das? Kann man dann noch sehen? Tut das so weh wie es aussieht? Oder ist es irgendwann

taub? Ich gucke wieder weg. Ich will das jämmerliche Flehen in diesen Augen nicht sehen. Aber ich kann nicht anders. Eine abartige Faszination treibt mich dazu hinzuschauen. Der Verlauf des Blutes, der verdrehte Knochen. Rote Tränen auf diesen perfekten Wangenknochen. Er röchelt. Das passt nicht ins Bild. Ich wusste gar nicht wie scheiße er aussehen kann...

Ich krame in meinem Rucksack. Suche – finde. Halte ihm das Fundstück vor die zerschmetterte Nase. Schaue ihn an. Er zuckt mit den Augen, guckt weg.

„Guck mich an, du Hurensohn." ich flüstere. Alles andere wäre zu laut. Ich will die Vögel hören. Ich halte ihm den Gegenstand noch näher vor die versaute Visage. Er brabbelt vor sich hin. Guckt mich an. Meine Augen saugen sich an seinen fest. So anders, so hell. Er hat Angst. Dieser kleine Pisser hat Angst. Jetzt weiß er mal wie das ist. Ich drücke ihm das Fundstück in die Hand. Er schaut es an. Blut tropft darauf. Tränen, Rotze. Wie metaphorisch.

„Behalt es." ich stehe auf. Flehende Augen schauen mir zu wie ich meine Tasche nehme und die letzte Kippe auf den Bordstein vor seiner Fresse austrete. „Ich wills nich mehr haben."

Ich gehe. Ich dreh mich nicht mehr um. Und der Sonnenuntergang zerfließt vor meinen Augen wie die Tinte auf dem Foto was er immer noch in der kaputten Hand hält. Alex nimmt meine Hand. Zieht mich ins Treppenhaus. Schließ ganz leise die Tür. Setzt sich auf die Stufen. Ich stehe da wie eine Marionette. In mir brodeln noch die Emotionen. Adrenalin. Meine Hand tut weh. Mein Gesicht brennt von der Ohrfeige. Er zieht mich neben sich. Hält mich fest. Ganz fest. Ein paar Tränen kullern über meine Wangen. Beruhigend. Eine raue Stimme dringt an mein Ohr. Gedämpft durch meine Haare und den Pulli.

„Ist es vorbei?"

Ich hebe den Kopf, schaue ihn an. Wische mir die Tränen von den Wangen. Eine ist noch da. Er wischt sie weg. Schmirgelpapier aus Schwielen und Narben. Ich denke nach. Ist es vorbei? Er schaut mich einfach nur an. Ganz neutral. Ganz ruhig, still. Wartet. Bilder wirbeln noch in meinem Kopf.

Achterbahn. Nach einer Ewigkeit der Stillstand. Ich ziehe die Bilanz. Die Bilanz aus den Jahren. Das Ergebnis aus Schmerz, Glück, Liebe, Hass, Wut, Trauer, Einsamkeit. Zusammen sein. Wahnsinn und Normalität. Der Strich unter der Rechnung. Das Ergebnis schaut mich an.

Ich schaue in die wartenden braunen Augen. Ein Satz schwebt noch in meinem Kopf. Das Ding ist tot.

Ich schlucke, räuspere mich. Tina Turner auf Grass.

„Es ist nicht tot…" ich hebe meine Hand. Auf seiner Wange ist ein Fussel. „Aber es ist vorbei."

Ein halbes Lächeln auf seinem Gesicht. Er steht vorsichtig auf. Hält mir die Hand hin. Zieht mich hoch.

„Lass uns reingehen." er wartet.

„Okay."

Ich lasse seine Hand erst los, als wir auf dem Sofa sitzen. Braunen Augen brennen sich in meine Synapsen. Und er fummelt an seiner Kippenschachtel herum. Ich bin noch nicht ganz wieder da. Ich lasse es noch nicht los. Will es noch nicht gehen lassen. Aber es wird gehen. Ich weiß es. Ich nehme seine Hand. Halte sie an mein Gesicht. Er schaut mich wieder an. Ich fliege in seine Arme. Diese Arme. Die mich halten können. Dieser Moment…warmer Atem, dunkle Locken bauschen sich vor meinem Gesicht. Sieht aus wie fusselige Watte. Oder wie gesponnener Obsidian. Egal. Eine Hand streicht über meine blaue Wange, über meinen Mund. Ich kann jede einzelne Schwiele fühlen, sie kratzen auf meiner Haut wie Schmirgelpapier. Ein Pennälerkuss. Ein ganzes Märchen in meinem Kopf. Ich hab Angst, so große Angst ich könnte was falsch machen. Ich hab immer das Gefühl gehabt bei ihm irgendwas falsch zu machen. So oft. Vielleicht zu oft? Ich sollte nicht denken jetzt. Geht auch gar nicht. Die Hand ist schon auf meiner Brust. Fühlt sich an wie Schmetterlingsflügel.

* * *

Das Dröhnen von Presslufthämmern begleitet mich zurück aus dem Traum. Ich versuch ihn festzuhalten. Klappt nicht. Wie immer. Ich drehe mich auf die Seite, öffne ein Auge, zwei. Schaue in zwei braune Augen. Ausdruck? Keine Ahnung. Wenn ich das wüsste, wäre ich weiter. Ich ziehe die Decke über meine Schultern, lege den Arm unter meinen Kopf. Meine Wange tut nicht mehr weh. Kuschel' mich ein. Rieche ihn, mich, die Bilanz aus beidem. Gestern Nacht. Gucke wieder in zwei braune Augen. Schiebe meine rechte Hand durch den Bausch aus Federbett. Eine Hand, ein Oberarm. Ein Muskel spannt sich an, lässt nach, gibt auf. Kommentarlos zieht er mich an seine Brust. Da ist eine Mulde, zwischen Brust und Schulter, da passt meine Wange genau hinein. Er vergräbt seinen Kopf in meinen Haaren, umarmt mich als wollte er mich durchbrechen. Ich presse mich an diesen warmen Körper und atme diesen bedröhnenden Geruch ein. Will das Gefühl festhalten, den Moment ganz unauslöschbar in meine Synapsen brennen. Bilder. Wie in Öl auf Leinwand. Oder Grafitti an den Wänden draußen. Ich hab so viele Bilder gemalt bis ich hier ankam. So viele. Und so viele Gedanken darüber gehabt. Vorstellungen. Träume. Komisch. Jetzt nicht mehr. Ich weiß jetzt wie es ist.

La fille et le garcon –
et la finit de l'histoire

In Abstinenz und Einsamkeit
von Gefühl und Vertrauen losgelassen
wandel ich umher
aber ich find mich wieder
in dem zerbrochenen, geflickten Spiegel
seh ich meine Augen brennen

ganz allein
inmitten deines Herzens
eingesperrt in deine Welt
ausgebrochen –
freier Wille
mein höchstes Gut

ich kann gehen
du bleibst stehen
ich schau zurück
und seh dich dort
blutverschmiert
allein, zerfetzt, zerrissen
ich kann dir nicht helfen
nicht, weil ich nicht stehen bleiben kann –
sondern weil ich nicht mehr
stehen bleiben will –
nicht für dich

leben kosten, Freiheit riechen
ganz für mich allein
da draussen bist du und
schaust mir zu
ich weiß es –
ich bin frei
und du bist eingesperrt
weil du nicht gehen kannst

konntest du es je?
Hast du es versucht und wenn,
was war
als die Mauern kamen?

Angst, Stille, Wehmut
ertrunken im Grenzwert der Promille
eingeschläfert im blauen Dunst
verloren im großen Ideal
einhundert Prozent.

Die Sekunde ist geplatzt
der Moment verwischt
wie der Schaum auf Bier verläuft, zerläuft

verlaufen im Extrem
wieder gefunden im Exzess
aufgegeben -
verlebter Traum
„gelebte Träume nie vergessen"
du hast sie nie gelebt.

Warn wir zu jung?
Bin ich zu alt?
Du läufst davon
ich verrenne mich nicht mehr
ich stehe an der Kreuzung
still und beständig
ich bin immer noch da
und wo warst du?

Deine schwitzende Hand
hält die meine – ganz trocken
das Salzwasser perlt ab davon

dein Wort in meinem Ohr

berauscht fällst du die letzten Meter
auf die Knie

Ich gehe einen Schritt
den nächsten
deine Augen fassen das Geschehen
ich lasse deine Hand los –
dein Herz bleibt stehen
hält an, schreit brechend auf –

zu spät.
Ich bin schon fort.

Danksagung

Ich danke Nadine und Sandra. Ihr seid das Licht in meinem Tunnel.

Ich danke der zweiten Psychopathin. Für alles.

Ich danke Oliver für jeden einzelnen Besuchstag. Und für die Erste Kritik.

Ich danke meinem Pragmatiker. Ein Hoch auf Chili!

Danke an Martin und Kerstin. Danke für die Musik und die Liebe.

Und ich danke meinen Eltern und meiner Schwester. Ohne euch wäre ich nicht hier. Und nicht das, was ich jetzt bin.